Stefan Pfeiffer

Der Bockfrosch

Eine Fabel

Bibliografische Information der Deutschen Nationalbibliothek: Die Deutsche Nationalbibliothek verzeichnet diese Publikation in der Deutschen Nationalbibliographie; detaillierte bibliografische Daten sind im Internet über http://dnb.dnb.de abrufbar.

© 2014 Stefan Pfeiffer

Herstellung und Verlag:

BoD – Books on Demand, Norderstedt

ISBN 978-3-7347-6203-1

I.

"Lecker, lecker. Ouh, echt lecker."

Was der kleine Frosch aus seinem Schlaf mitnahm, war die Erinnerung an einen ausgesprochen schmackhaften Traum. "Und *wie* schmackhaft. Äußerst schmackhaft. Mjam !!"

Alles Schmackhafte würzt das Leben. Das sagte zumindest Großvater, ein alter und weiser, mit allen Wassern gewaschener Frosch. Und weiter sagte er: "Eines Tages wirst du den feinsten Geschmack der Welt versuchen, mein Kleiner. Die Weisheit. Sie ist bitter und doch süß, voller Wissen und Dummheit, voller Freude und Schmerz, schmackhaft eben. Wie das Leben."

Von wegen. Weisheit konnte man nicht aus dem Wasser fischen oder aus der Rinde eines Baumes kratzen. Er würde niemals klug werden, hungrig schon eher, so wie jetzt.

„Ich werde mir etwas Besonderes suchen. Denn ich verspüre einen Hunger, einen Hunger auf den großen Geschmack des Lebens."

Voll Tatendrang überquerte der kleine Frosch das Ufer seines Sees, an dem er oft alleine saß, in den Sternenhimmel starrte und träumte, von weiten Reisen und großen Heldentaten - oder vom Essen, je nachdem. Mutig hüpfte er in den großen, unbekannten Wald. Er war ein Frosch, seine Haut grün und seine Zunge lang, was sollte schon passieren? Und zur Bestätigung schnalzte er dreimal mit der Zunge.

II.

Plötzlich huschte ein Eichhörnchen durch das Laub und ehe er sich's versah, einen Baumstamm hinauf. "Das kannst du aber toll." Statt einer Antwort vernahm der Frosch: "Keine Zeit, keine Zeit", und schon war es wieder verschwunden. Schließlich tauchte es erneut auf, und diesmal rief der Frosch beherzt: "Halt, stehen bleiben." Das Eichhörnchen schaute betreten herab. "Was willst du? Ich habe keine Zeit, keine Zeit. Muss die Produktivität erhöhen. Es reicht noch nicht. Reicht noch nicht für den Winter." "Hast du denn keine Vorräte angelegt? Jedes Vernünftige Tier legt welche an. Der Winter kommt jedes Jahr." "Du kommst dir gewitzt vor, was? Natürlich habe ich welche angelegt. Hunderte !! Habe nur vergessen, wo sie liegen. Alles erledigte Vorgänge, erledigt, verstehst du? Alles abgelegt." "Warum überlegst du nicht in Ruhe?"

"Habe ich schon." "Und?" "Ging nicht schnell genug. Bin doch in Eile."

„Ach?" Der Frosch schwieg betreten. Nach einer Weile setzte er nach:

"Wenn du dir merken würdest, wo deine Vorräte liegen, müsstest du nicht so viele anlegen. So könntest du viel Zeit einsparen. Zeit, um die Früchte deiner Arbeit zu genießen. Das Schmackhafte am Leben muss man doch genießen, oder?" Das Eichhörnchen lachte laut auf. "Ich habe jetzt schon kaum Zeit, wo sollte ich da noch welche sparen? Für Unsinn habe ich keine Zeit. Produzieren ist ein hartes Geschäft. Das ist der Geschmack des Lebens: Arbeit, Arbeit. Produzieren ohne Ende. Alles andere hat Zeit. Ist unwichtig." Ohne eine Antwort abzuwarten, sprang das Eichhörnchen auf und hechtete schon wieder davon. "Warte einen Augenblick." rief der Frosch hinterher, zu spät.

Mit einigen raschen Sprüngen verschwand es in der Baumkrone. Verlassen stand der Frosch am Boden und starrte hinauf. Nichts mehr zu sehen.

Ein Käfer kam mit seiner Frau vorbei geflogen. "Sieh nur," erklärte er, "dort läuft ein Frosch, der etwas sucht, was er nicht finden kann. Womöglich was zu essen? Bestimmt hat er einen Bärenhunger." "Ach was," meckerte seine Gattin, "das ist ein besonderer Frosch, einer auf der Durchreise, aus dem Ausland oder so. Ach, ich liebe das Ausland. Vielleicht kommt er aus Amerika. Oder aus Grönland." "Aber Liebes," erwiderte der Käfermann, doch seine Gemahlin zischte: "Still jetzt. Flieg` weiter und rede keinen Unsinn. Was sollen die Leute von uns denken?" "Ich meinte ja nur ..." "Ja, ja. Hör auf, so dummes Zeug zu reden." Sie umschwirrten den Frosch eine Runde, dann zogen sie ab.

"Einen Bärenhunger, pah." Wiederholte der Frosch gedankenverloren, während er den beiden hinterher starrte. "Einen Bärenhunger. Was mag an Bären so interessant sein?" Da kam ihm eine Idee...

III.
Rasch fand der Frosch die Fährte eines Bären. Das war gewiss der größte Bär im ganzen Wald, oder zumindest der mit den größten Füßen. Die Suche führte an das andere Ende des Waldes, dorthin, wo sich noch nie eines Frosches Seele vorgewagt hatte. Schließlich entdeckte er einen mächtigen Bären, der sich vor einem Baum aufstellte und ohne Unterlass nach einem Bienenstock fingerte, der zwischen den Ästen hing. Manchmal stolperte er zwei Schritte zurück, brummte

laut auf und rieb sich wehleidig die Nase, doch schon einen Augenblick später nahm er wieder seine merkwürdige Tätigkeit auf. "Guten Tag, Herr Bär." unterbrach ihn der Frosch. " Sie sind ein Fachmann für Bärenhunger, da brauche ich Ihren Ratschlag. Unter Feinschmeckern sozusagen." Der Bär schüttelte gelangweilt den Kopf. "So einfach ist das nicht, mein Freund. Den Geschmack des süßen Lebens weis nur der zu schätzen, der einen harten Weg dafür gehen musste." "Welchen Namen trägt das süße Leben?"

"Ich nenne es Honig." Er streckte seine Brust heraus und erklärte mit feierlicher Stimme: "Weist du, Honig schmeckt wunderbar süß und fein, als würde man einen Tautropfen aus dem Paradies verzehren. Er sieht aus wie flüssiges Gold, und im Sonnenlicht glänzt er wie ein schlafender Regenbogen. Oh ja, ich liebe den Regenbogen." Er stieß einen Seufzer aus und deutete auf seine geschwollene Nase. "Leider wird der Honig von abertausend Bienen bewacht. Sie stechen jedem in den Pelz, der ihnen zu nahe kommt. Aber wenn ich nicht stets dafür kämpfen müsste, würde ich des Genusses rasch überdrüssig." "Ich will den höchsten Genuss ebenfalls."

"Das ist nicht so einfach. Die Bienen stächen dich zu Tode." Nachdenklich rieb er sich die Nase. "Aber ich kenne einen Ort, an dem es den besten Honig des Waldes gibt. Die Menschen nennen diesen Ort Speisekammer. "Er liegt auf einen Bauernhof an Rande des Waldes, in einer von zwei mächtigen, oberirdischen Höhlen, Häuser genannt. Aber sie werden von einem bösen Bauer bewacht, der mit seiner Flinte auf jedes Tier schießt, das sich nähert. Neulich hat es meinen Freund, den Fuchs, fast erwischt."

"Das klingt gefährlich." "Und wie! Nur jemand, der so klein und flink ist wie du, kann dorthin gelangen. Vielleicht übersieht er dich, weil du so winzig bist. Vielleicht." "Und wenn nicht?" Der Bär gab keine Antwort. Stattdessen schaute ihn voller Mitleid zu Boden. Große Bärenaugen können das sehr, sehr gut. Der Frosch schluckte bitter, doch dann übermannte ihn seine Neugier, und er lies sich dennoch den Weg erklären.

"Viel Glück, mein kleiner Freund." brummte ihm der Bär hinterher. "Quak." erwiderte der Frosch, während er in der Ferne entschwand. Frösche können nämlich nicht brummen.

IV.

Die beiden Häuser türmten sich wie Riesen vor dem kleinen Frosch auf. Mit offenem Mund stand er da und staunte. Wie weit sie sich in den Himmel hinaufstreckten- Gigantisch, bis zu den Wolken und den Sternen. "Womöglich steigen die Sterne tagsüber herab und legen sich hier zur Ruhe. Hinein passen sie allemal. Und wenn nicht, dann schläft zumindest der Mond dort." Er entschied sich für das linke Gebäude, wohl nur, weil es ein großes, grünes Tor besaß. Mutig hüpfte er voran und schob sich durch einen Spalt. Drinnen war es düster und stickig. Vor ihm lag ein langer Gang, der sich bis zum anderen Ende der Halle erstreckte. An beiden Seiten führten Stallungen vorbei, in denen merkwürdige Wesen standen, grunzten und aus ihren Trögen Futter fraßen. "Wie seltsam Sterne aus der Nähe ausschauen." Sie waren groß und hatte eine sonderbare Farbe. Nicht braun wie ein Bär, nicht grün wie ein Frosch oder schwarz wie die Erde, nein, sie waren... rosa. Sehr groß und sehr rosa. Sehr merkwürdig. Dazu kam eine Nase, die so platt war, dass der kleine Frosch meinte, Sterne landen ausschließlich auf der Nase. Und er fragte sich, ob sie sich dabei wehtaten, denn ihr Schwanz kringelte sich seltsam zusammen. "Was bist du? Kann man dich essen? Hat dich der Bauer geschickt?" Einer der Sterne starrte ihn neugierig an. "Sage mir, wonach du schmeckst. Du riechst nicht sehr appetitlich. Womöglich verderbe ich mir den Magen, wenn ich dich fresse. Ist schlecht für die Figur. Man nimmt so schnell ab."

"Du kennst dich mit dem Essen aus?" "Das will ich meinen. Was gäbe es sonst zu tun?" "Ich suche die wunderbare Speisekammer. Kennst du sie?"

Das rosa Ding lachte. "Natürlich. Der Bauer, der täglich Futter und Wasser bringt, nimmt manchmal eines von uns mit zum Schlachter, und von dort in die gelobte Speisekammer. Es ist das Paradies." "Alle Sterne kommen in den Himmel, nicht wahr?" "Was sind Sterne?" fragte das Schwein. "Sterne sind funkelnde Punkte am Himmel. Du siehst sie, wenn du durch das große Tor nach draußen trittst. Bist du denn keiner?" Das Schwein grunzte verächtlich. Zum Erstaunen des Froschs war die Freundlichkeit mit einem Mal verflogen. Eisig klangen die Worte herüber. "Ich bin ein armes Schwein in einer armen Welt. Hinter dem großen Tor beginnt das Reich des Bauern, und ich sage dir, dort draußen gibt es nichts, nichts außer dem Bauern." "Glaube mir, es ist wahr." "Beantworte eine Frage: Was macht der Bauer, bevor er morgens unser Futter bringt?" Der Frosch zuckte die Schultern. "Ich weis nicht..." "Er schaltet das Licht ein ! Jeder hier kann diese Frage beantworten, nur du nicht. Und ausgerechnet du glaubst nicht an den Bauern? Das ist geradezu lächerlich." "Aber wenn es doch wahr ist." "Du weist nicht das Geringste von meinem Bauern. Und da der Bauer hinter dem Tor lebt, kannst du dich dort nicht auskennen." Dem kleinen Frosch wurde schwindelig. Er wusste nicht, ob das sein Hunger war oder seine Verwirrung. "Aber wenn du willst," erklärte das Schwein mit Gewissheit, "dann bleibe bei uns. Vielleicht nimmt er dich irgendwann mit zum Schlachter. Wäre das nicht wunderbar?" "Was geschieht denn dort?" "Der Bauer ist gut. Und seine Freunde ebenfalls. Er gibt uns Futter, befreit uns aus der Enge unseres Stalles. Er ist unser Wohltäter. Mehr muss ich nicht wissen." "Aber ihr seid seine Gefangenen. Warum lässt er euch nicht frei? Auf der Stelle, meine ich?" "Es wird seinen Grund haben." Das mächtige Scheppern des Holztores riss die beiden aus ihrem Gespräch. Das Schwein blickte zum Eingang, wo eine merkwürdige Gestalt herein trat. "Der Bauer kommt, hau ab. Heute gibt es Wurstreste, das Feinste, was es gibt. Oh, Wurst, Wurst." Vor Aufregung scharrte es mit den Hufen und hätte um Haaresbreite dem Frosch getroffen, der verschreckt zur Seite sprang. Der Bauer trug zwei riesige, mit Abfällen gefüllte Eimer in Händen und begann, die Futtertröge der Schweine zu füllen. "Auf Wiedersehen." quakte der Frosch. Das Schwein erwiderte nichts, sondern starrte dem Bauern mit glasigen Augen und feuchtem Mund entgegen. Hier gab es nichts mehr zu erreichen. Der Frosch versteckte sich in einer Ritze und beobachtete den Bauern, wie er das Futter verteilte. Die Schweine stürzten sich wild auf den Abfall und schlangen ihn gierig hinunter. Hin und wieder blieb der Bauer vor einem stehen, betrachtete es eingehend und sprach: "Du bist groß und fett genug. Morgen bringe ich dich zum Schlachter. Der wird leckere Sachen aus dir machen." Das Schwein antwortete entweder mit einem freudigen Grunzen oder fraß eifrig weiter, um schnell noch fetter zu werden.

Als der Bauer endlich seine Eimer in die Ecke stellte und sich auf den Heimweg machte, war längst die Dämmerung hereingebrochen. Mit großen Schritten stampfte er zu seinem Haus, und der kleine Frosch musste sich beeilen, wenn er ihm folgen wollte. Bevor er lossprang, drehte er sich ein letztes Mal um und betrachtete den Stall, der hinter ihm lag. Drinnen hörte er die Schweine vor Freunde grunzen. Sie sagen ein sonderbares Lied.

"Es ist das höchste Glück auf Erden,
ein Schweineschnitzel zu werden.
Dideldumm und Dideldei,
dann ist unser Elend vorbei."

Der kleine Frosch wusste nicht warum, doch als er diese Melodie vernahm, wurde ihm Elend zumute. Und er hatte keine Lust, mit der Zunge zu schnalzen.

V.
Der Bauer ging zu schnell. Aus weiter Ferne musste der Frosch zusehen, wie er in seinem Haus verschwand. Als die Türe aufschwang, schien Helligkeit aus dem Inneren über den Hof und verbreitete ein gespenstisches Zwielicht, doch als der Frosch kurze Zeit später folgte, war sie längst wieder verschlossen. Mit großen Augen starrte er in die Finsternis. "Warum bin ich nicht geblieben, wo ich herkomme? Nun weis

ich nicht mehr weiter." Eine dicke Träne rann seine Wange hinab, und er begann kläglich zu weinen. "Sei still." zischte eine Stimme in der Dunkelheit. "Schweig´ endlich still. Oder willst du von der Katze des Bauern verschlungen werden?" Der Frosch senkte den Kopf. "Und wenn schon. Wenn mich dieses Biest nicht frisst, werde ich kläglich erfrieren. Was macht das für einen Unterschied? Ich habe nichts zu verlieren." „Na prima. Und an uns denkst du gar nicht, was? Ich muss für eine Familie sorgen, habe eine Frau und sieben Kinder." "Und eine warme Wohnung..." ergänzte der Frosch. "Und etwas zu essen. Und..." "Schon gut, schon gut. Ich werde dich mitnehmen, wenn du endlich den Mund hältst." Jemand nahm ihn bei der Hand und zog ihn fort. Etwas verschreckt folgte der Frosch. Nach einem kurzen Marsch durchs Unterholz erkannte er ein schwaches Licht, das aus einem Loch in der Hauswand flimmerte. "Siehst du? Dort ist es. Mein trautes Heim." Die Hand zog ihn weiter. Je näher sie kamen, desto heller wurde es. Der Frosch erkannte seinen Gefährten, der fast so groß war wie er selbst, allerdings ein graues Fell besaß und eine spitze Nase, wie der Frosch noch keine gesehen hatte. "Was starrst du mich an? So benimmt sich keine anständige Maus." "Aber ich bin keine Maus. Bin ein Frosch." Sein Begleiter musterte ihn verwundert. "Na denn. Ich habe mich schon gewundert, dass deine Finger so glippschig sind. Außerdem ist deine Nase zu platt." Sie gelangten an das Mauseloch. Die Maus schlüpfte hinein, und der Frosch quetschte sich hinterher. Von Innen wirkte der Unterschlupf geräumig und hell. Er lag unter der Wohnung des Bauern, durch einige Schlitze drangen Licht und Wärme hinab. "Das ist mein behagliches Heim." erklärte die Maus stolz.

"Und dort drüben ist meine liebliche Gattin. Ist sie nicht reizend?" Die gereizte Mausfrau stampfte wutschnaubend auf den Mäuserich zu, ohne den Frosch auch nur eines Blickes zu würdigen. "Wo hast du gesteckt, du Herumtreiber?" keifte sie. "Du hast versprochen, mit vollen Pfoten zurückzukehren, mindestens für ein Woche Futter zu sammeln. Und was bringst du mit? Nichts. Sollen unsere Kinder Hunger leiden?" Ein regelrechtes Donnerwetter ergoss sich über die arme Maus. „Und was schleppst du für eine komische Gestalt an?"

"Oh nein, das ist ein Frosch." erklärte der Mäuserich. "Stimmt." bestätigte der Frosch. "Kann gar nicht sein. Frösche leben im Wasser. Und wo ist hier ein Gewässer? Nirgendwo. Kein See, kein Frosch. Ist doch klar." "Aber ich bin wirklich ein Frosch." "Ach ja? Und wo ist dann dein See?"

Der Frosch zuckte die Schultern. Weit, weit entfernt natürlich, doch wie sollte man das erklären? Manche Dinge sind halt, wie sie sind, niemand wollte ihn verstehen. Er war ganz allein, und aufgebracht und erschöpft dazu. Aus tiefster Seele meckerte er: "Quuuaaaakkk." So zornig und traurig, wie nur ein Frosch quaken kann. Und nochmals: "Quuuaaakk."

Ausgelaugt sank er zu Boden. In diesem Augenblick war er nicht mehr hungrig oder durstig, auch nicht mehr ängstlich oder wütend- er war einfach nur müde, so müde wie noch nie in seinem Leben. Während die Mausefrau unentwegt weiterschnatterte, schloss er seine Augen und fiel sanft in einen tiefen, erholsamen Schlaf. Rrrrrch, rrrrch, tief wie die Unendlichkeit. Die beiden Mäuse unterbrachen ihren Streit und schauten ihn verwundert an. "Vielleicht ist er wirklich ein Frosch." flüsterte die Mausefrau. "So schnell schläft die faulste Maus nicht ein." Ihr Gatte nahm sie wortlos in den Arm. Nach einer Weile flüsterte sie: "Aber morgen brichst du in aller Frühe auf, um Vorräte zu sammeln, nicht wahr?" "Ehrenwort." versprach der Mäuserich. "Sobald die Sonne aufgeht. Und diesen grünen Gesellen nehme ich mit." In dieser Nacht rührte sich der Frosch keinen Deut. Nur manchmal schnalzte er im Traum mit der Zunge.

VI.

Der Hof sah am Tage ganz anders aus, und der Frosch wunderte sich, wie verzweifelt er vor wenigen Stunden dagestanden hatte. Ihre Wanderung führte auf die Rückseite des Gebäudes, wo sich der Kellereingang befand.

"Siehst du die Stufen dort?" fragte der Mäuserich. "Da werden wir hineinkommen." Vor ihnen führte eine Treppe hinunter bis zu einer verrotteten Eingangstür. Man konnte ihr Ende nicht erkennen, sie verschwand in der Dunkelheit. Es schien, als führe ein dunkler Schlund in die Endlosigkeit. "Bist du sicher, dass wir richtig sind? Es geht runter ins Nichts, nicht wahr?" "Dies ist der Weg. Jede Maus muss hier durch." Der Mäuserich glitt die erste Stufe hinunter, der Frosch blieb unentschlossen zurück. "Durch das Nichts führt ein Weg?" Anstelle einer Antwort sprang der Mäuserich eine weitere Stufe hinab. "Wenn du nicht willst, gehe ich allein. Ich muss bis zum Abend zurück sein." Der Frosch hüpfte kurz entschlossen hinterher. Allein zurückzubleiben war gewiss nicht besser, als gemeinsam durch das Nichts zu gehen- wenn es eines war.

Gemeinsam stiegen sie bis zur letzten Stufe hinab. Das Tageslicht entfernte sich immer weiter, bis es nichts weiter als ein kleiner Punkt in der Finsternis war. "Von nun an gibt es kein Zurück." erklärte der Mäuserich.

Die Wanderung führte in vollkommener Finsternis durch alle Tiefen des Kellers. Sie sahen nichts und sprachen kein Wort, nur ihre Schritte versuchten vergeblich, in der Leere ein Echo zu finden. Es schien, als würden sich selbst die Töne nicht hierher wagen. Es gab keinen Klang im Nirgendwo. Der Frosch fragte sich, ob das Nichts immer noch ein Nichts wäre, wenn es voller Musik steckte. Was würde geschehen, wenn sich eine feine Melodie hierher verirren würde? Bliebe das Nichts bestehen, würde es sich womöglich füllen und wie ein Ballon aufblähen? Oder zerplatzte es wie eine Luftblase auf der Oberfläche seines Sees? Dann würden sie mit dem Nichts vergehen, denn sie steckten ja mittendrin. Der Gedanke entlockte ihm einen verschreckten Schnalzer. "Was ist, Frosch?" fragte die Maus besorgt. "Ach, nichts." "Wenn du möchtest, können wir ein lustiges Lied anstimmen. Das wird uns ablenken." "Oh nein, bloß nicht." "Ein freudiger Gesang würde uns auf andere Gedanken bringen." "Auf keinen Fall. Wir sollten überhaupt nicht reden." Der Frosch senkte seine Stimme unheilvoll. "Hast du jemals im Nichts gesungen, mein Freund?" "Nein, niemals. Wozu auch?" "Ich habe es gleich gewusst. Hättest du gesungen, wärst du längst geplatzt." "Was wäre ich? So ein Unfug." "Glaube mir, es ist die Wahrheit: Singende Mäuse zerspringen im Nichts." Die Maus blieb unvermittelt stehen. Der Frosch stolperte über sie hinweg und landete mit einem lauten Bumms aus dem Bauch. "So einen Schwachsinn habe ich meinen Lebtag nicht gehört."

Der Frosch rappelte sich auf. Mit schmerzenden Gliedern baute er sich an der Stelle auf, wo er die Maus vermutete. "So? Du meinst also, ich lüge? Wenn du sicher bist, dann beweise mir das Gegenteil." "Ich bin zu allem bereit. Was soll ich tun?" "Singe. Singe ein Lied." " ...?!" Mit einem Mal erfüllte Schweigen das Nichts. Der Frosch glaubte, die Maus leise seufzen zu hören, doch er konnte sich täuschen. Obwohl er sie nicht sah, ahnte er ihre Anwesenheit. Es schien, als wäre die Stille dort eine winzige Spur größer. "Maus, bist du noch da?" Möglicherweise hatte der erste, unhörbare Ton bereits genügt, und er war längst allein. Oh Graus. "Maus?" Keine Antwort. Ein kalter Schauer lief seinen Rücken hinab. "Maus, was führst du im Schilde? Willst du mich ängstigen?" "Na, was wird sie schon tun?" Der kalte Schauer gefror zu Eis. Hatte das Nichts eine Stimme? "Dein Begleiter steht neben dir und macht, was du ihm aufgetragen hast. Spürst du ihn nicht? An diesem Ort musst du dich von deinen Gefühlen leiten lassen." Der Frosch spürte ganz und gar nichts, außer vielleicht, wie der Schweiß seine Stirn hinunterlief. Kein angenehmes Gefühl. "Was macht die Maus?" "Sie singt. Du hast es selbst befohlen." "Das ist unmöglich. Ich höre nichts." "Ich bin begeistert. So einen feinen Klang gibt es nicht alle Tage." Sein Gesprächspartner ließ eine gedankenvolle Pause, bevor er fortfuhr: "Das ist die Melodie der Einöde, mein unbekannter Freund. Oh ja, die Stille ist die Symphonie der Einsamkeit. Und dein Freund singt seine Arie dazu. Horch, wie wunderbar lautlos das Konzert erklingt." "Es ist schwierig, gefallen an einer Sache zu haben, wenn man nicht weis, an welcher." "Die Stille ist ein scheues Wesen. Sie verschwindet beim leisesten Wispern des Windes, und jedes Gespräch haucht ihr Furcht ein. Bei deinem Geschwätz kehrt sie bestimmt nicht zurück. Sei endlich leise, dann wird sie auch für dich aufspielen." "Glaubst du?" "Sie gehorcht mir, wann immer ich will. Sie ist mein Vertrauter, mein Ratgeber und meine Geliebte. Darum bin ich der Kapellmeister der Stille." Der Frosch schnalzte vor Bewunderung mit der Zunge. "Dann musst du sehr mächtig sein." "Das will ich meinen. Die Stille ist mein Königreich. Ich bin der Herrscher über die Welt ohne Klang." "Hast du auch Gewalt über die Finsternis? Dann kannst du ein Licht zaubern, das aus dem Nichts herausführt." "Nun ... Naja... Ööööhh ..." Eine Antwort blieb aus. Stattdessen schwieg der Unbekannte sehr, sehr lange. Der Frosch spürte, dass er nicht übertrieb: Kaum unterbrach er seine Rede, kehrte die Stille zurück. Sofort und überall war sie zugegen, als wäre sie niemals fort gewesen. Der König hatte ihr befohlen, anwesend zu sein. Was für ein Augenblick. Vor Aufregung begann seine Herz wild zu schlagen. Bumm, bumm, bumm. Bumm, bumm, bumm. Trapp. Immer lauter. Bald übertönte es jeden Gedanken des Froschs, und das Nichts gab sogar ein Echo dazu. Bumm, bumm, trapp, trapp. Oh nein, so konnte kein Froschherz klopfen. War es Einbildung, oder klangen tatsächlich Schritte dumpf und schwer durch das Nichts? Trapp, trapp, trapp. Oh ja, Schritte. Gewaltige, laute, riesige Schritte. "Verschwindet, schnell. Versteckt euch." rief der König der Stille. "Bringt euch in Sicherheit, solange ihr noch könnt. Die Bäuerin erscheint." Der Frosch erstarrte vor Schreck. "Was ist geschehen? Von wem redest du?" "Oh Graus. Es ist die Bäuerin, der alles in diesem Keller gehört. Versteckt euch, bevor es zu spät ist. Sie darf euch nicht sehen, sonst ist es vorbei mit uns." "Wo soll ich mich verstecken, wenn ich nichts sehen kann?" In seinem Entsetzen stürmte der Frosch vor die Wände des Kellers, immer wieder, schlug sich Arme und Beine wund und vermochte damit nicht zu enden, so weh es auch tat. Und mit einem Mal öffnete die Hölle ihre Tore ... Klick! Das Licht wurde eingeschaltet. Tausend Höllenfeuer erflammten. Eine winzige Sekunde stand der Frosch wie erstarrt, dann packte ihn sein Instinkt. Ehe er sich's versah, hechtete er zur Seite und mit ein, zwei großen Sätzen in eine Mauernische hinein. Zitternd hockte er in seinem Versteck. Nach einer Weile kehrte der Verstand in seinen bleichen Kopf zurück, grade so, als wäre dessen Flucht erst einen Augenblick später geglückt. Während seine Gedanken Spur um Spur klarer wurden, gewöhnten sich seine Augen allmählich an die Helligkeit... Die tausend gleißenden Feuer wichen einem angenehmen, weichen Licht, welches das Nichts erhellte und wie einen gewöhnlichen Keller erscheinen ließ. Auch, wenn der Frosch noch immer nicht wusste, wo er sich befand, verlor es zumindest seinen Schrecken. Weise Wände ragten vor ihm auf, an denen hier und dort der Putz bröckelte. Unter der Decke hing eine alte, verrostete Fassung, in der eine einsame Birne steckte und Licht spendete. Sie blendete schrecklich. Nun galt es, abzuwarten.

VII.

Die Bäuerin war weit entfernt, womöglich noch am anderen Ende des Kellers, und machte sich dort zu schaffen. Bei diesem Lärm konnte sie unmöglich etwas hören, darum wagte sich der Frosch leise vor. "Maus? Hallo, Maus?" Keine Antwort. Die Maus war unerreichbar fern; oder geplatzt. "Herrscher der

Stille?" Wieder nichts. Sein einziger Nachbar war eine Kellerassel, die wortlos an der Wand klebte, so eine, wie es im Wald unter den Steinen Tausende gab. Widerliche Zeitgenossen, die das Tageslicht mieden. Hier allerdings war sie die einzige, die ihm weiterhelfen konnte. "Guten Tag, werte Kellerassel." Die Assel krabbelte ein Stück an der Wand entlang. Als sie merkte, dass ihr der Frosch folgte, hielt sie inne und entgegnete barsch: "Lass mich allein, rüpelhafter Störenfried." "Du musst mir helfen. Ich habe meine Freunde verloren." "Jeder verliert irgendwann irgendwas. Was stört es mich? Ich habe meine eigenen Sorgen, bin beschäftigt. Hau ab." Der Frosch schüttelte verständnislos dem Kopf. "Du sitzt regungslos an der Wand, weiter nichts." "Seit die fürchterliche Bäuerin den Palast der Stille zertrümmert hat, versuche ich, mein Königreich zurück zu schweigen. Um ein Haar wäre es gelungen, wenn du nicht aufgekreuzt wärst." "Dein Königreich?" "Ich bin der Herrscher der Stille. Hast du mich so schnell vergessen, du Abtrünniger?" Der Frosch vermochte seine Enttäuschung kaum zu verbergen. Niemals hätte er gedacht, dass ein solches Wesen hinter seinem Vorbild steckte. "Ich werde mich entschuldigen." erwiderte er schließlich, "Aber nur, wenn du mir sagst, wo mein Mausefreund hingelaufen ist." "Die Stille ist mein Freund, nicht die Helligkeit. Ich öffne meine Augen niemals." "Was ist mit den vielen wundervollen Dingen, die es zu sehen gibt? Möchtest du sie nicht kennen lernen?" "Wozu? Sobald die Bäuerin geht, bin ich wieder von Dunkelheit umgeben. Ich komme aus der Finsternis und kehre dorthin zurück. Warum sollte ich Gedanken an etwas verschwenden, das ohnehin vorübergeht?" "Denk nicht an die kommende Dunkelheit. In deinem Kopf bleibt die Erinnerung und in deinem Herzen die Helligkeit zurück. Ist das nicht einen Blick wert?" Die Kellerassel grunzte verächtlich. "Schluss jetzt. Ich habe Wichtigeres zu tun, als über diesen Unsinn zu diskutieren. Dein Geschwätz ist unerträglich." Sie glitt die Wand hinauf, ohne die Antwort des Froschs abzuwarten. Weil sie ihn nicht sah, konnte sie auch nicht erkennen, wie er einen roten Kopf bekam und zornig die Augen verdrehte: „Blind sein ist keine Schande. Aber sich taub zu stellen!" Zu allem Überfluss konnte er sie nicht einmal wieder finden, als er hinaufsah. Sie war in einem Riss auf Nimmerwiedersehen verschwunden. Nun hatte er gar nichts mehr- keine Maus zum Freund und keinen Ratgeber zur Seite. So eine Enttäuschung... Bevor ihn die düsteren Gedanken übermannten, wehte ein Lufthauch den Duft frischen Waschpulvers herüber. Das Pulver roch süßlich und verlockend. Mit einem Male erfüllte ihn neuer Mut, und er beschloss, sein Leben nicht damit zu beenden, einer blinden Kellerassel hinterher zu trauern. "Ich werde meine Suche fortsetzen, auch ohne Assel im Ärmel. Jawoll." Zur Bestätigung schnalzte er verwegen mit der Zunge. Nur wer den Frosch kannte, vermochte zu hören, dass es eine Spur fahler klang als sonst.

VIII.

Die Tür zum Waschraum stand offen. In einer Ecke stand die Bäuerin und stopfte missmutig Wäsche von der Waschmaschine in den Trockner, und bereits trockene Wäsche in einen riesigen Korb. Sie war dermaßen beschäftigt, dass sie nicht bemerkte, wie eine kleine, freche Nase zwischen den Unterhosen auftauchte. Es folgten zwei gewitzte Augen, und der

Kopf der Maus erschien. "Ey, Frosch." piepste sie. "Der Korb ist bald gefüllt. Wir werden als Gäste mitreisen, dann haben wir ein gutes Stück gespart."

"Das ist sehr gewagt." "Aber sehr bequem. Oder willst du ewig hier bleiben?" „Auf keinen Fall." Als er einen günstigen Augenblick vermutete, sprang der Frosch in die feuchte Wäsche. Einige Kleidungsstücke rutschten herab und purzelten zu Boden, die Bäuerin drehte sich verwundert um. "Was zum Teufel... ?" "Au Backe!" zischte der Frosch. Mit strampelnden Beinen tauchte er in der Wäsche unter, während sie über ihm erneut aufgestapelt wurde. Die Maus steckte ganz in seiner Nähe und blinzelte ihn verwegen an. "Ist das nicht abenteuerlich? Fast hätte sie dich gehabt." Der Frosch grunzte verächtlich. "Ich wäre um ein Haar umgekommen, und du amüsierst dich." "Ach was, dir kann gar nichts geschehen. Die Alte hat eine Heidenangst vor Mäusen, zerbrich dir nicht den Kopf." "Ich bin ein Frosch, keine Maus." "Das stimmt, du bist noch viel abschreckender. Dein Grün lässt einem das Blut in den Adern gefrieren. Du bist gräulich und grün, ultragrün sozusagen. Abstoßend bis dorthinaus." Der Frosch lauschte voller Erstaunen. Dass er grün war, ließ sich nicht leugnen. Wozu auch? Die Natur hatte ihm die bestmögliche Farbe geschenkt. Sie war nicht nur modern und schick, sondern auch pflegeleicht und angenehm zu tragen. In einem zarten Rosa hätte er gewiss lächerlich gewirkt. Betreten blinzelte er zur Maus hinüber. "Verrate mir, ob ich hässlich bin." "Du musst hässlich sein. Sieh hinüber zur Bäuerin." Die Bäuerin hatte ihnen wieder den Rücken zugekehrt und stopfte alte Hemden in die Waschmaschine. Hin und wieder beugte sie sich vor, und ihr breiter Hintern erhob sich wie ein fetter Halbmond in seinem verdreckten und zerschundenen Rock. "Die Bäuerin ist das hässlichste, was ich je gesehen habe. Zum Glück gibt es nur eine davon, das hat die Natur so vorbestimmt. Die Katze ist ebenfalls allein. Genauso ergeht es dir- also bist du hässlich. Das ist die Wahrheit." Der Frosch schluckte bitter, während sie weiter sprach. "Bei uns Mäusen ist das anders. In der Nacht erkennst du am Firmament die strahlende Pracht der Sterne. Sie sind leuchtend schön, und es gibt sie in gewaltiger Fülle. Der Himmel ist also mein Zeuge:" Die Maus grinste zufrieden, "Wir sind unzählbar schön." Sie drückte ihre Brust heraus und blickte von oben auf den Frosch herab, der mit hängenden Schultern zuhörte. Ein langer, tiefer Schnalzer steckte in seinem Hals fest, wollte aber nicht heraus. Die ganze Welt bestand aus grauen Mäusen, grau und schön- nur Frösche, die sind grün. In dieser Welt gab es keinen Platz für Farbtupfer. Schluchzend setzte er sich auf einen großen Knopf und begrub sein Gesicht in den Händen. "Ich will nicht hässlich sein." Dicke Tränen liefen seine Wangen hinunter. "Hässlich, häääääßlich." Die Maus senkte den Kopf. Mit einem Male fühlte sie sich elend in ihrem grauen Fell, denn Wehtun wollte sie ihm nicht. "Manchmal ist es am hässlichsten, zu sehen, was man angerichtet hat." flüsterte sie leise. In der nächsten Zeit sprachen die beiden kein Wort. Sie warteten stumm darauf, dass die Bäuerin den Korb nahm und aufbrach. Nur hin und wieder schluchzte der kleine Frosch leise oder wischte sich eine Träne aus den Augen. Schnalzen wollte er nicht. Nie wieder... hässlich Frösche machen hässliche Geräusche.

IX.

In Windeseile überwanden die beiden Reisenden Hindernisse, von denen sie allein kein Einziges bewältigt hätten. Die Bauersfrau stampfte mit ihnen die steile Treppe hinauf, öffnete eine verschlossene Tür nach der anderen und trug die beiden sogar an der Katze vorbei, die schlafend auf dem Flur lag. "Bald trennen sich unsere Wege, mein Freund." erklärte die wunderschöne Maus, "Ich werde mein Glück in der Küche probieren." Sie umarmten sich, anschließend verschwand die Maus wieder zwischen Hemden und Taschentüchern. Ein kurzer Abschied ohne Tränen. Sie würde vom Rand des Korbes springen, sobald sich eine günstige Gelegenheit bot. Nun war der kleine Frosch erneut allein. Zu seiner Verwunderung verspürte er keine Besorgnis, sondern Neugier. Ungeduldig wartete er auf das, was kam ...

Die Bauersfrau stapfte in das Wohnzimmer. Sie hatte den Wäschekorb lang genug geschleppt und ließ ihn darum einfach fallen. Unsanft krachte das Gefährt mit der bügelfertigen Fracht auf dem Boden. "Uaah." stöhnte sie und stemmte die Hände ins Kreuz. "Die Schlepperei fällt mir von Tag zu Tag schwerer." Mit voller Wucht wurde der Frosch hinausgeschleudert und flog in hohem Bogen auf den Wohnzimmerteppich. Unbemerkt huschte er unter ein Sofa, das abgesessen an der Wand stand. Die Frau machte kehrte und stapfte aus dem Raum, um ein großes Bügelbrett zu holen. "Na, wohl nicht aufgepasst, was?" krächzte jemand Unbekanntes. Hoch über sich erkannte er einen bunten Vogel, der angekettet auf einer Stange saß und von dort gelassen herabblickte. "Hast du dich verlaufen, armer Frosch?"

"Nein, gewiss nicht." entgegnete der Frosch. "Bin auf der Durchreise." "Du bevorzugst eine sonderbare Art zu Reisen. Unter einem Sofa." "Ich verstecke mich. Bin zwar hässlich, aber nicht dumm. Meine Hässlichkeit ist kein Schutz." "Bei allen Sträuchern des Urwaldes, was hat dein Aussehen damit zu tun?" "Ich bin nicht grau, also bin ich hässlich." "Unsinn. Dort, wo ich herkomme, gibt es wirklich hässliche Zeitgenossen, Echsen und Schlangen von der übelsten Sorte. Kleine Frösche wie dich gab es dort zu Hauff, aber kein einziger davon war hässlich." "Du bist noch viel bunter als ich, und nicht nur allein, sondern angekettet. Du musst das abstossenste Wesen der Welt sein." Der Vogel flatterte aufgeregt mit seinen Flügeln. "Na, hör mal. Ich bin ein Papagei, und ich bin wunderschön." "Wir sind hässlich. Beide. Die Maus hat es bewiesen." "Mäuse sind widerlich Biester. Sie nagen alles an und verbreiten Gestank und Unrat." "Aber sie sind hübsch, darum gibt es so viele." "Es gibt sie, weil sie sich wie wild vermehren. Schönheit ist keine Frage der Menge, werter Frosch, sondern der Güte." "Wozu sind wir dann allein?" "Wer wie alle anderen ist, kann niemals etwas Besonderes sein. Wir sind allein, weil wir nicht hierher gehören. Doch wer einzigartig ist, kann seine ganze Schönheit entfalten."

Der Frosch hielt bewundernd den Atem an. "Was du erzählst, ist sehr klug, bunter Vogel." "Kunststück. Mein Großvater gehörte einem Piraten. In allen Ländern dieser Welt sammelte er Weisheiten, gab mir so manch nützlichen Rat fürs Leben. Zum Beispiel, wie man sich einen Menschen hält." "Dir gehört ein Mensch?" "Selbstverständlich. Sie hat deinen Wäschekorb getragen." "Du liebe Güte. Die Herrscherin über den Donner hat die Macht über die Dunkelheit, und du kannst ihr Befehle erteilen?" "Was sie in ihrer Freizeit macht, weis ich nicht. Aber wenn sie da ist, spurt sie. Sie bringt mir Wasser, gibt mir Nüsse, wischt sogar meinen Kot von der Stange." "Unglaublich." "Zugegeben, eine kleine List steckt dahinter. Mein Mensch ist gesprächig, das nutze ich aus. Du kannst dir nicht vorstellen, wie er sich freut, wenn ich ein Wort nachplappere." Mit offenem Mund lauschte der Frosch. "Wenn er auf ein Schwätzchen ankommt, lasse ich ihm schmoren, bis er das Interesse verliert, erst dann mache ich wieder den Schnabel auf. Das geht manchmal stundenlang." "Kannst du deinem Menschen auch Befehle erteilen?" "Sicher. Hast du einen Wunsch?" „Ich möchte zur Speisekammer." "Wie du willst. Du musst ihm nur unauffällig folgen." "Vielen, vielen Dank, werter Papagei." "Nicht der Rede wert, lieber Freund. Aber jetzt bringe dich in Sicherheit, mein Mensch kehrt zurück." Der Frosch huschte eilig unter die Couch. In der Aufregung vergaß er sogar zu Schnalzen.

X.

Die Bäuerin baute das Bügelbrett mit lautem Geklapper auf. Grimmig stapfte sie zum Wohnzimmerschrank, holte aus der obersten Schublade ein Bügeleisen hervor, griff sich ein Hemd aus dem Korb und begann nörgelnd ihre Arbeit. "Diese verdammte Schufterei." stöhnte sie. "Nicht einen Tag gönne ich mir Ruhe. Damit ist bald Schluss. Während ich hier schufte, vergnügt sich mein lieber Gatte bei der Jagd auf den Fuchs. Wenn er nicht heimlich ins Gasthaus geschlichen ist, der alte Trunkenbold." Maulend und bügelnd grollte sie vor sich hin. Unglaublich, mit welcher Phantasie sie Bezeichnungen für ihren Mann erfand. "Nichtsnutziger Lügenwicht", "Lupendreckiger Schluderjahn" oder "Schweine-hütender, bierstinkender Dummtroll" waren da noch die harmlosesten Begriffe. Sie redete sich richtig in Stimmung. Und in was für eine ... Die besten Schimpfwort behielt der Frosch sofort- rein vorsorglich, versteht sich. "Gluppschäugiger, schleimtriefender Schmierwichtel". Nach einer guten Weile beruhigte sich die Dame etwas, und nach einer noch besseren Weile kehrte wieder Friede in ihren Gesichtsausdruck und ihr Mundwerk ein. Der Papagei zwinkerte den Frosch ein Auge zu. "Na gut, jetzt pass auf." Dann drehte er sich zur Bauersfrau, öffnete seinen Schnabel weit und krächzte: "Kraaaa, kraaaa." "Lora, was ist denn los?" fragte sie besorgt. „Kraaa, kraaa." "Lieber Vogel, beruhige dich. Ich komme ja schon. Möchtest du reden?" "Kraaa, kraaa." Mit wenigen Schritten war sie bei ihrem Schatz, betrachtete ihn mitleidig und streichelte sanft seinen Kopf. "Armes Ding. Keiner kümmert sich um dich, nicht wahr? Komm, sei schön artig. Sage deinen Name. Sag "Lora, Lora"." Weil gutes Zureden nicht nutzte, beschloss sie, ihm einige Nüsse als Belohnung anzubieten und wandte sich zum Schrank, um aus einer Schublade die Schale mit den Nüssen zu holen. Als sie den beiden den Rücken zukehrte, flüsterte der Papagei hinab: "Frosch, jetzt geht's los. Pass auf." Derweil kehrte die Bauersfrau mit ihrer Schale zurück und hielt dem Papageien eine große, saftige Nuss vor den Schnabel. "Na, magst du?" fragte sie fordernd, "Dann sag "Lora, Lora". Los, sag es, blödes Federvieh." zog die Nuss wieder weg und grinste dämlich. Keine Reaktion. "Dummer Vogel, sprich mir nach: "Lora, Lora"."

Der Papagei beugte sich in aller Ruhe ein Stück vor, blickte ihr tief in die Augen und erwiderte mit glasklarer Stimme: "Ich will keine Nüsse. Ich will Kekse. Und sag nicht immer Lora zu mir. Das nervt." Vor Schreck ließ die Bäuerin die Schale fallen, die klirrend auf dem Boden zerbrach. Nüsse kullerten umher. "Was ist, du alte Schachtel, hast du nicht verstanden? Ich will Kekse." "Ja. Ja, natürlich. Sofort." Wie in Trance machte sie kehrt und trottete mit winzigen Schritten aus dem Wohnzimmer. "Kekse holen, Kekse holen." Der Papagei deutete ihr hinterher. "Die Kekse sind in der Speisekammer. Folge ihr, bevor es zu spät ist." Der Frosch blickte verwirrt hinauf. „Was wird aus dir?" "Mach dir um mich keine Sorgen. Sie wird glauben, das alles nur Einbildung war. Jetzt hau schon ab."

XI.

Die Vorratskammer war ein kleiner Raum, an dessen Rückwand ein mannshohes Regal stand mit Gläsern, in denen merkwürdige Früchte eingelegt waren, Brote, Mehl, sogar Käse in rauen Mengen. Davor stand eine große, randvoll gefüllte Kartoffelkiste. An der Decke hingen an Haken große, dunkelrote Schinken, von denen der Frosch nicht recht wusste, wozu sie gut waren. Aber sie rochen interessant nach Schwein. Sehr sonderbar. Als die Bäuerin die Kammer verließ und die Tür hinter sich schloss, machte er sich übermütig an die Erkundung. Hin und wieder riss er ein Glas mit oder warf einen Beutel mit Mehl um, bis er irgendwann ganz weit oben, auf dem obersten Regal, ein großes Glas mit einer wunderbaren, goldglänzenden Flüssigkeit erkannte. Sofort war ihm klar, was das war: Dort stand der Honig, ganz gewiss. Mit spitzem Blick fixierte er den oberen Rand der Kartoffelkiste, spannte jeden Muskel seines Körpers an und schnellte blitzartig hinauf. Wie ein Pfeil schoss er durch die Luft, erreichte die Kante der Kiste, schoss auch über diese hinweg und fegte krachend in die Kartoffeln. Einige rollten über die Kante hinaus, stürzten auf den von Mehl weis gefärbten Boden und wirbelten kleine Wolken auf. "Mist, vermaledeiter." Er rappelte sich auf. Von einem Schinken sprang er zum nächsten, bis er in schwindelnder Höhe das Regal erreichte. Nur noch ein winziger Sprung, dann war er am Ziel aller Träume. Ihm schien, als betrete er einen anderen Planeten. Er streckte stolz die Brust heraus und erklärte feierlich:

"Ein kleiner Schritt für einen Frosch,
aber ein großer Schritt für die Mahlzeit."

Dann hüpfte er. Butterweich landete er auf dem Regal, wie eine Feder. Es war vollbracht! Mit einem tränenden und einem blauen Auge betrachtete er das Glas, das um einiges größer war als er selbst. Unbeschreiblich, welche Gefühle in ihm tobten. So fühlte es sich an, wenn Träume in Erfüllung gingen. Sein Herz tanzte vor Glück... Langsam, beinahe andächtig, schob er den Deckel beiseite, setzte sich auf den Rand des Glases und streckte seine Zunge aus, bis sie endlich den regenbogenen Honig erreichte. Jawohl, der Bär hatte nicht übertrieben...

XII.
Die Bauersfrau trottete zurück ins Wohnzimmer. Der Teufelsvogel verlangte nach seinen Plätzchen. Ob das am neuen Vogelfutter lag, das mit den Ultraweichkörnern? Im Nachhinein hätte sie lieber ein paar Goldfische gekauft, die konnten nicht reden. Und mochten keine Nüsse. Andererseits... Sie konnte ihn an den Zirkus verkaufen oder im Fernsehen auftreten lassen. Womöglich bekäme er eine eigene Talkshow. So war gutes Geld zu verdienen. Galant stieß sie die Tür zum Wohnzimmer auf und stolzierte mit ihren Keksen hinein. "Na, liebes Vögelchen, Lust auf ein Häppchen?" Der Papagei hockte auf seiner Stange und starrte sie verständnislos an. "Ich habe Kekse mitgebracht, möchtest du? Sie schmecken phantastisch." Sie öffnete die Verpackung und hielt ihm einen hin. Der Papagei beschränkte sich darauf, wie gehabt dumm durch die Gegend zu gaffen und die Bauersfrau mit Verachtung zu strafen. "Was starrst du so dämlich? Du hast Kekse gewünscht, ich habe Kekse gebracht. Wie du wolltest. Warum stellst du dich jetzt an?" Die so Gestrafte musste schließlich einsehen, dass es keinen Sinn hatte, länger zu betteln. Nur der Gedanke an die ungeahnten Möglichkeiten hielt sie davon ab, das Biest zu erdrosseln. "Na gut. Wenn du meine Kekse nicht magst, wie wäre es mit einer schönen Banane? Oder einem Apfel? Ein Stückchen Kuchen? Ein Schnitzel? Eine Tasse Kaffee? Du kannst haben, was dein Herz begehrt, musst es nur sagen. Dein Wunsch ist mir Befehl." Der Papagei saß und saß und saß, und sonst... Nichts. "Jetzt pass mal auf, du bunter Federklumpen, entweder sprichst du mit mir, oder ich drehe dir den Hals um. Haben wir uns verstanden? Ich lasse mich nicht zum Narren halten."

Todesmutig glotzte der Papagei zurück. Nichts. Wie gehabt. "Ja, verdammt noch mal? Ich habe mir doch nicht alles nur eingebildet." Verschreckt verstummte ihr Gemaule. Das konnte doch nicht...? Womöglich litt sie an Halluzinationen, ohne es zu merken. Kein Wunder. Den ganzen Tag verbrachte sie zwischen Schweinen und Kühen, dabei wollte sie als junges Mädchen in die Stadt ziehen, reiche und schöne Menschen kennen lernen und das Leben in vollen Zügen genießen. Stattdessen mistete sie Ställe aus und rupfte Hühner, bügelte, kochte, tagaus, tagein. Missmutig stopfte sie die Stücke zurück in die Schachtel. "Wer nicht will, der hat schon." Letztendlich machte sie kehrt und trottete genauso langsam, wie sie gekommen war, zurück in Richtung Speisekammer. "Unglaublich", murmelte sie, "unglaublich."

Als sie die Tür hinter sich schloss, blickte ihr der Papagei lange nach und murmelte: "Viel Glück, mein kleiner, grüner Freund. Ich hoffe, du hast deinen Wunsch erfüllt. Sonst ist es zu spät."

XIII.
Die Tür der Speisekammer ließ sich kaum öffnen, weil allerlei Unrat den Weg versperrte. Lebensmittel lagen verstreut herum, der Boden war weis von Mehl, einige Gläser zerbrochen. "Verdammt noch mal." grunzte die Bauersfrau, und einige derbe Flüche hinterher. "Wer hat diese Sauerei angestellt? Was ist mit meinen Vorräten geschehen? Meine schönen Schinken, die kann ich allesamt wegschmeißen. Da muss der Schlachter bald ein paar neue Schweine hinrichten und zerlegen." Dem Frosch blieb das Herz stehen. Vor Schreck verlor er das Gleichgewicht und stürzte kopf-

über in das Honigglas. Mit einem leisen Glupschen schwappte die süße Brühe über ihm zusammen. In seiner Panik schlug er mit Armen und Beinen um sich, doch sein verzweifeltes Quaken erstickte der Honig in den ersten Zügen. In seiner Not wusste er keinen Rat, als noch wilder zu strampeln und noch verschreckter zu quaken. Das Glas geriet bedrohlich ins Wanken. Die Bauersfrau hörte ihn, schaute hoch und versuchte ihn aufzufangen, doch bevor sie zugreifen konnte, war das Glas bereits über die Kante gerutscht und stürzte in die Tiefe. Für einen Augenblick befand sich der Frosch im freien Fall. "Uaaaahhh !!" Dann schlug er auf ... Mit einem lauten Klirren zerschepperte das Glas. Der kleine Frosch flog durch die Speisekammer und landete mit einem lauten Platschen im Mehl. Kleine Wölkchen stiegen auf und senkten sich wie ein feiner Schleier über ihn. Regungslos blieb er liegen, vom Schock gefangen wie von tausend Fesseln. Nur noch Augenblicke, dann hatte ihn die Bäuerin. Wenn er nur zur ihr hinaufgeschaut hätte ... Dann hätte er festgestellt, dass sie gütig schmunzelte. Sie beugte sich hinab und begutachtete den kleinen Besucher, der schneeweiß auf den Boden hockte und keinen Mucks von sich gab. "Wie kommst du denn in meine Speisekammer?" Vorsichtig nahm sie den sonderbaren Gast auf die Hand. "Ich habe schon Spinnen, Mäuse und Ratten entdeckt, aber einen süßen Kerl wie dich hätte ich nicht erwartet." Sie lächelte gütig. Dem kleine Frosch blieb das Herz stehen, als er ihre Zähne erblickte. Weise Mühlsteine, die ihn zermalmen würden. Alle Monster der Welt, sie war die schlimmste von allen. "Ich werde dich an die frische Luft setzen, damit du wieder in die Freiheit gelangst, armer Hüpfer." Seine letzte Stunde hatte geschlagen. Ihr Klang war lautlos, lautlos wie das Nichts. Tausend flackernde Sterne umnebelten seine Sinne, spielten das Lied vom Untergang, und dann... dann wurde der kleine Frosch ohnmächtig. Kraftlos er sich zusammen. Die Bauersfrau strich ihm zart über den Kopf. "Armer Kerl. Komm, ich schenke dir die Freiheit. Du gehörst nicht hierher. Genauso wenig wie ich."

Sie trug ihn vorsichtig nach draußen, brachte ihn über den großen Hof, über den langen Feldweg hinaus, an der großen Kuh vorbei über die Wiese bis hin an den Rand des Waldes. "Du bist wieder frei." flüsterte sie, "Mach das Beste draus." Auf eine Art beneidete sie ihn, wie er unschuldig dalag und ein Leben genoss, in dem es die Fesseln nicht gab, die sie an das ketteten, was sie von ihren Träumen trennte. Sie suchte eine Pfütze, in die sie ihn legen konnte. Nach einigem Suchen fand sie ein kleines Matschloch, in dem ihr kleiner Freund bis zu seiner Erholung nicht austrocknen würde. Zwischen aufgeweichten Blättern und feuchten Ästen legte sie ihn nieder und ging dann heim, ohne sich ein einziges Mal umzudrehen.

XIV.

„Autsch ?!" Nach einigen Stunden, es mochten auch Tage sein, erwachte der Frosch. Sein Kopf tat ihn weh, daran änderte auch die warme Mittagssonne nicht, die hoch am Himmel stand. Zwei kleine Äste drückten unangenehm an seinem Hinterkopf, störten seine Ruhe genau dort, wo er sein schmerzendes Haupt bettete. Gleichwohl war er zu erschöpft, etwas dagegen zu unternehmen. "Ach, die stören mich nicht." Also blieb er liegen, und weil er wusste, was ihn drückte, störte es ihn nicht weiter. Von dem zarten

Mehlgrau, das er auf seiner Haut herumtrug, war indes wenig übergeblieben. Die honigverklebte Mehlschicht wurde ganz und gar von einer Schlammschicht überzogen. Verträumt schaute er in den Himmel. Ab und an zogen ein paar Vögel durch die Lüfte. Der Frosch ließ seine Gedanken mit ihnen kreisen und erinnerte sich an die vielen Dinge, die er erlebt hatte. Womöglich war das die Quelle der Weisheit: Viel sehen und viel erleben. Wie sagte sein Großvater: "Wenn es soweit ist, wirst du die Wärme der Weisheit ebenfalls spüren." Zufrieden nickte er den Wolken zu.

"Jawohl." Wer soviel erlebt hatte wie er, der musste sie einfach in sich tragen. Die Weisheit hatte ihn erfasst und würde ihn nie mehr verlassen. Ein erhebendes Gefühl. Nach und nach trocknete der Lehm auf seiner Haut, und die Blätter, auf denen er lag, klebten zunächst an dem Honig auf seiner Haut fest, dann wurden sie von dem steifen Lehm darüber gefestigt.

Der Lehm selbst wurde trockener, bis er schließlich wie ein feiner, trockner Pelz kleben blieb. Die beiden Äste am Hinterkopf blieben untrennbar hängen, als seien es zwei Hörner, die von Natur aus dort hingehörten.

So bildete sich um den kleinen Frosch, der sich einbildete, klug und weise zu sein, eine neue Haut, wie es keine zweite gab. Eine unbeschreibliche, merkwürdige, aber auch aufregende und ansprechende Hülle umgab den Frosch. Natürlich, ohne dass er es bemerkte. Voller Frieden lag er da und träumte nichts Böses. Nur Kluges.

XV.

Ein lautes Rascheln riss den Frosch aus seinem Schlaf. Ein Eichhörnchen schoss an ihm vorbei und blitzschnell den nächsten Baum hinauf. "Suchst du Nüsse, um die Produktivität zu erhöhen?" Das Eichhörnchen starrte ihn entgeistert an. "In der Tat. Wie hast du das erkannt?" Der Frosch, der nicht länger wie einer aussah, lachte. "War ein Kinderspiel. Weist du, ich bin weise, da sieht man so was auf den ersten Blick." "Bemerkenswert." staunte das Eichhörnchen. "Ich kenne nur ein einziges Wesen, das die Weisheit besitzt, und zwar die alte Eule." "Hab die Weisheit grade erst entdeckt." "Wo hast du sie gefunden? Welche Farbe hat sie? Ist sie kalt? Warst du der erste, der sie dort fand?" "Ach Quatsch. Die Weisheit findet man nicht wie einen Kieselstein. Sie überkommt einen irgendwann, wenn man die Welt gesehen hat, schwuppdiwupp, von einem Augenblick auf den anderen." "Also ähnlich wie eine Erkältung?" "Genau. Aber die Weisheit geht nicht mehr weg. Damit wird man alt. Einmal weise, immer weise." "Oh Mann." staunte das Eichhörnchen. "Ist toll, so gut drauf zu sein, was? Da hat man keine Sorgen mehr im Leben." Es machte eine gedankenvolle Pause. "Ich habe viele Sorgen." "Du vergisst, wo deine Vorräte versteckt liegen, und im Winter findest du nichts wieder, stimmt's? Produzieren ist ein hartes Geschäft." "Du meine Güte." Gewiss stand dort das klügste Wesen des Waldes, wenn nicht der ganzen Welt. Der Frosch winkte hinauf. "Du solltest runterkommen, damit wir uns unterhalten können. Mit Hochstehenden ist nicht vernünftig reden, weist du." "Oh, natürlich. Ich mache mich sofort auf den Weg." "Und bring´ ein paar Nüsse mit. Aber nicht zu wenige." In Windeseile schoss das

Hörnchen den Baumstamm hinunter. "Sieh nur, was ich mitgebracht habe." Stolz hielt es dem Frosch eine Handvoll Haselnüsse hin. "Das sind die schönsten und saftigsten Nüsse, die ich finden konnte." "Nun ja, habe schon bessere gesehen," erwiderte der Frosch großspurig und stopfte sich eine ins Maul, "aber deine sind auch in Ordnung. Vielen Dank." Das Eichhörnchen kam aus dem Staunen nicht mehr heraus. Wie weit dieses Wunderwesen herumgekommen war. Hatte Nüsse gesehen, die feiner waren als diese- Doch zugleich gab es sich mit dem zufrieden, was es hatte. Eine feine Geste. Die Eule dagegen war griesgrämig und überheblich, überhaupt kein Vergleich. "Waff ifft?" fragte der Frosch verdutzt. "Warum gaffst du miff fo an?" "Nun ja," das Eichhörnchen rieb sich verlegen die Nase, "Du bist das einzige Tier, das die Nüsse mit Schale isst." Erwischt, dachte der Frosch. Mit einer großen Kraftanstrengung versuchte er, die Nuss hinunterzuwürgen, doch dadurch blieb sie wie ein Ziegelstein im Hals stecken, bis er keine Luft mehr bekam. "Uff, ächz." Lauten röchelnd prustete er die Nuss heraus. In hohem Bogen flog sie durch die Luft und knallte dem Eichhörnchen vor den Kopf, das für eine Sekunde nur Sterne sah. "Das war knapp." schnaufte er. "Was war knapp?" fragte das Eichhörnchen und rieb sich die Beule. Nach einer Weile setzte es nach:

"Was war knapp? Nun sag schon, was war knapp?" "Das mit der Nuss war knapp. Ich hätte daran sterben können, hast du das nicht bemerkt? Das war gar nicht gut." "Gar nicht gut?" "Gar nicht gut." bestätigte der Frosch. "Ganz und gar nicht gut." "Das tut mir wirklich leid." Das Eichhörnchen senkte verlegen den Blick. "Von außen erkenne ich niemals, ob eine

Nuss gut ist oder nicht. Dass du so was beim Lutschen merkst, ist phantastisch. Gut oder gar nicht, das ist hier die Frage." "Was?" "Na, dass du am Geschmack der Schale erkennst, ob eine Nuss frisch ist oder verfault, finde ich super. Ich habe mir schon oft den Magen an faulen Nüssen verdorben, das ist wirklich übel." "Naja." erwiderte der Frosch verwirrt. "Nuss bleibt Nuss. Das ist nun mal so." Dazu nickte er wohlwollend. Das Eichhörnchen verdreht voller Bewunderung die Augen. "Wie klug du bist, so unheimlich klug. Es wäre mir eine große Ehre, die restlichen Nüsse für dich zu knacken." Flink machte es sich ans Werk. Rasch knackte es eine Nuss nach der anderen, voller Geschick und Schnelligkeit, und manchmal musste es spucken, weil eine faule Nuss dazwischen war. Zufrieden schnalzte der Frosch mit der Zunge und stopfte sich die erste Nuss ins Maul. Natürlich den Kern, nicht die Schale, denn die war ungenießbar. Das wusste jeder, der klug war.

XVI.

Die Nachricht von dem weisen Besucher breitete sich wie ein Lauffeuer im Wald aus. Der Waldboden füllte sich mit den unterschiedlichsten Zaungästen, die zum Teil von den gehörten Geschichten, zum Teil von dem gewaltigen Trubel angezogen wurden. Friedlich hockten sie nebeneinander und betrachteten den Frosch, der sich eine Nuss nach der anderen in den Schlund schob. Ein Fuchs ergriff als erster das Wort. "Wir sollten uns Gedanken über den Eindringling machen. Was für ein Wesen mag das sein, gut oder gefährlich?" Eine Hasendame, die mit ihrem Gatten direkt neben ihm saß, erklärte: "Es trägt ein sonderbares, braunes Fell. Womöglich ein zu klein geratener Bär, oder? Genauso gut könnte es ein winziges Reh sein." "Nein, das ist kein Bär." wehrte der Hasenmann ab. "Sieh nur, was er an seinem Kopf trägt. Das sind Hörner. Bären haben keine Hörner, da bin ich sicher." Zufällig kam in diesem Augenblick ein Käfer mit seiner Frau vorbei geflogen. "Wir haben das Ding aus der Nähe überflogen." erklärte die Käferfrau mit wichtiger Stimme. "Das sind keine Hörner. Hörner sind glatt wie bei einer Kuh, nicht so grob und rau. Es ist ein Geweih, wie bei einem Hirsch." Der Käfermann stupste sein Frau im Fluge an. "Also Liebes, ich finde, er sieht aus wie ein dreckiger Frosch mit zwei Ästen am Hinterkopf." " Das ist geradezu lächerlich. Denk doch nach, bevor du den Mund aufmachst." "Aber Liebes..." "Halt´ den Mund, wenn sich vernünftige Leute unterhalten." "Das kann gut ein Geweih sein." stimmte der Fuchs zu. Die anderen nickten. Nach einer Weile sprach die Käferfrau aus, was alle dachten. Alle bis auf den Käfermann, versteht sich. Aber der durfte nichts sagen, darum zählte das nicht. "Es ist ein kleiner Hirschbock." verkündete sie. "Einer, der von weit her kommt. Von sehr, sehr weit her. Vielleicht aus Afrika, oder aus der Schweiz." "Ja, so muss es sein." nickte der Fuchs. Die Käferfrau erklärte: "Dann ist es beschlossen: Ein Hirschbock. Gibt es irgendwelche Gegenstimmen? Schließlich leben wir in einer Demokratie." und warf ihrem Gatten einen vernichtenden Blick zu, doch der sagte schon von sich aus nichts mehr. Mit null Gegenstimmen und einer Enthaltung wurde der Frosch zum Hirschbock erklärt. "Jemand sollte zu ihm gehen." bemerkte der Fuchs. Die Hasenfau stammelte aufgeregt: "Ich gehe auf keinen Fall. Und mein Mann auch nicht. Wir sind Hasen, da muss man nicht mutig sein." Die Käferfrau summte empört auf. "Ihr Feiglinge. Was ist dabei, den Fremdling zu begrüßen? Es ist vollkommen ungefährlich." "Das hört sich an, als wolltest du es selber tun." Die Käferfrau grunzte verächtlich und deutete mit einem Flügel zur Seite. "Mein Mann wird das machen." Sie schaute ihren Gatten grimmig an und dröhnte: "Oder bist du etwa feige, mein Schatz?"

XVII.

Der Käfer umrundete den Minibock in einem großen Bogen, und als er feststellte, dass keine Gefahr von ihm ausging, wagte er sich ein Stück näher. Aus der Nähe sah er noch sonderbarer aus. "Guten Appetit." grüßte der Käfer freundlich. Der Frosch hatte den Magen voller fetter Nüsse, darum grunzte er ein faules "Tach.", das einzige, wozu er fähig war, und setzte einen dicken Rülpser hinterher. "Rööööps." "Gut gegessen, was?" fragte der Käfer mit gespieltem Vergnügen. "Das geschieht mir auch, wenn ich zu viele Blütenpollen gefressen habe. Pollen schmecken wunderbar, besonders Kamille, die jungen, zarten Blüten. Kamille light- Dafür fliege ich meilenweit." "Ach was." "Wirklich. Beim Essen bin ich nicht zu bremsen. Meine Frau sagt, ich benähme mich wie ein Schwein." "Nee," entgegnete der Frosch. Langsam fand er Interesse an der Unterhaltung. "Echte Schweine erkennt man nicht an ihrer Essensweise, sondern an ihrer Lebenseinstellung. Schweine trampeln dich nieder, wenn es um die Wurst geht." "Das hört sich schrecklich an." "Und wie. Die Schweine glauben, ein versautes Leben sei der Weg zum großen Glück. Wenn eines Tages der große Schlachter kommt, sterben sie, ohne begriffen zu haben." "Dann will ich kein

Schwein sein." Der Käfer landete. Von diesem seltsamen Tier ging keine Gefahr aus. „Sei unbesorgt." entgegnete der Frosch. "Schwein bleibt Schwein, und Käfer bleibt Käfer. Wer sich manchmal wie ein Schwein benimmt, muss noch lange keines sein." "Junge, Junge. Du hast ganz schön was auf dem Kasten. Bist ein kluger, kleiner Hirschbock.." "Ich bin ein Frosch." entgegnete der Frosch entgeistert. Der Käfer winkte ungläubig ab. "Nein, nein. Meine Frau sagt, du bist ein Hirschbock, und was sie sagt, gilt. Die anderen haben abgestimmt, ob sie wirklich Recht hat, schließlich leben wir in einer Demokratie. Es steht fest: Du bist ein Hirschbock." "Soll ich zum Beweis quaken?" "Aber meine Frau sagt, du seiest etwas anderes." "Immerhin bin ich ein kluger Frosch. Der klügste der Welt." "Ach, das bringt uns nicht weiter." Der Käfer zuckte resigniert die Schultern. Frustriert krabbelte er auf und ab und zerbrach sich den Kopf. "Sie wird mir das Leben zur Hölle machen. Oje, oje. Was soll ich tun? Es gibt keinen Ausweg. Keinen Ausweg, keine Ausrede ..." Mit einem Ruck blieb er stehen. "Es sei denn, ... Ja, das ist es." "Was?" "Du siehst aus wie ein Hirschbock und redest wie ein Frosch. Du hast Hörner und kannst Quaken. Du bist beides. Gleichzeitig. Hirschbock und Frosch. Heureka, das ist die Lösung! Du bist... der Bockfrosch!" Vergnügt rieb er sich die Flügel. "Ist das nicht toll? Jetzt kann ich in Ruhe zurückzufliegen. Ich werde sofort aufbrechen, es den anderen zu erzählen." Der Frosch schnaufte entgeistert. Komische Leute hier. Hätte er an sich herabgeschaut, wäre ihm die Antwort nur zu leicht gefallen, doch stattdessen starrte er verwundert dem Käfer hinterher, der leise davon summte. "Ja, Tschüs dann." Naja, es sollte ihm recht sein. Auf jedem Fall waren genügend Zuschauer erschienen, die er von seiner Weisheit überzeugen konnte.

So wahr er ein Frosch war...

XVIII.

Der Käfer landete bei den anderen. Aufgeregt beschrieb er den Frosch in jeder Einzelheit, sprach von dessen klugen Reden und lobte sein Feingefühl. "Was habe ich gesagt?" triumphierte die Käferfrau. Die Hasenfrau blickte nachdenklich zu ihrem Gatten. "Unser Baby ist krank, vielleicht weis der Bockfrosch Rat." "Ich dachte, du wolltest zur klugen Eule?" "Kein Problem." dröhnte die Käferfrau. "Geht nur. Ich fliege zur Eule und sage den Termin ab. Macht euch keine Sorgen." "Das ist sehr nett von dir." "Ach, nicht der Rede wert. Nun geht schon, sonst kommt euch jemand zuvor. Ich kümmere mich um alles." Der Hasenmann nahm seine Frau zur Seite. Die beiden warfen der Käferdame einen freundlichen Blick zu, dann hoppelten sie los. Der Käfer schaute ihnen verwundert nach und fragte erstaunt: "Seit wann bist du so hilfsbereit?" Die Käferfrau grinste frech und breit. "Ich werde der Eule erzählen, dass mein Mann das klügste Wesen der Welt entdeckt hat, tausendmal klüger als sie selbst. Dem alten Flattermann werde ich Feuer unterm Hintern machen, das schwöre ich." "Lass es. Wer weis, was du anrichtest." "Halt den Rand und warte gefälligst, bis ich zurück bin." Ehe er einen Ton erwidern konnte, klappte sie ihre Flügel aus brummte in den Wald hinein. "Es dauert nicht lange. Bin bald zurück." Schnurstracks entschwand sie zwischen den Büschen. Verärgert und verstört blieb der Käfermann zurück.

IXX.
Die Hasenfrau schaute den Bockfrosch mit großen, sorgenvollen Augen an. "Unser Baby hat seit Tagen Fieber. Es will einfach nichts essen, bald wird es sterben." "Hunger ist wichtig." murmelte der Bockfrosch nachdenklich. Hunger kannte er nur zu gut, er war weit gegangen für seinen Hunger. Und wofür? Na klar. Für Honig. Der schmeckte so wunderbar, dass jeder Appetit darauf hätte, selbst bei der übelsten Krankheit. "Ich kenne ein Mittel, dass die Bären entwickelt haben. Man nennt es „Honig". Gebt eurem Kind Honig." Die beiden Hasen schüttelten den Kopf. "Da kommen wir niemals dran. Weist du nichts anderes?" "Wenn ihr keinen Honig habt, so sammelt Blütenpollen. Besonders Kamille. Die sind wirklich gut." "Ich kenne eine Wiese, dort gibt es unendlich viel davon." platzte der Hasenmann heraus. "Sehr gut." bestätigte der Frosch. "Wir werden dir berichten, wie es gewirkt hat." versprach die Hasenfrau. Die beiden machten eilig kehrt und hoppelten zurück in den Wald. Hoffentlich hatte der Käfer keinen Unsinn erzählt, das gäbe grässlichen Ärger. Er blickte ihnen nach, bis sie im Wald verschwunden waren. Die umstehenden Tiere scharrten sich um ihn und bedrängten ihn mit tausend Fragen. "Woher kommst du?" "Kannst du fliegen?" "Kennst du den Mann im Mond?" "Wo liegt Grönland?" "Was ist ein Schneepflug?" Immer neue Zuschauer strömten hinzu. Das Geschiebe und Gedrücke wurde zusehend schlimmer, bis er am Ende keinen Finger mehr rühren konnte und kaum Luft bekam. "Halt, aufhören." brüllte er mit letzter Kraft. "Er hat etwas gesagt, er hat etwas gesagt." jubelten die Tiere und drängelten noch verrückter nach vorn. "Uff. Ächz." hauchte er mit schwindenden Sinnen. "Macht

Platz, geht fort, sonst wird mich die Menge verschlingen ..." In diesem Augenblick verlor er das Bewusstsein und sank träge in sich zusammen, zum Umfallen kein Platz. Seine letzten Worte wurden von zwei Grillen gehört, denen er damit große Furcht einflößte.

"Er wird uns verschlingen," zirpten sie verschreckt, "Oh je, er wird uns verschlingen." Eine wilde Katze, die ein feines Gehör besaß, vernahm das Gejammer und gab es weiter. "Der Bockfrosch wird die Grillen verspeisen, wenn wir nicht aufhören." Das wiederum vernahm ein Huhn, das ganz in der Nähe stand. Das Huhn besaß kein feines Gehör, aber ein gewaltiges Mundwerk. "Habt ihr gehört, habt ihr gehört?" gackerte es aufgeregt. "Der Bockfrosch wird die Wildkatze grillen und fressen. Wer sich mit der Katze anlegt, ist mutig und stark." "Die Katze grillen?" fragte ein Hund verwundert, der jahrelang bei den Menschen gelebt hatte und viele sonderbare Dinge kannte. "Wer Grillen möchte, muss Feuer besitzen." erklärte er. "Dann kann der Bockfrosch Feuer spucken." gackerte die Henne entsetzt. "Wer sich mit Katzen anlegt und Feuer spuckt, mit dem ist nicht zu spaßen." Die Tiere lösten sich verschreckt in alle Richtungen, und nach wenigen Augenblicken lag der Frosch allein auf dem Boden. "Was sollen wir nur tun?" gackerte die Henne. "Ich habe ein lebenswichtiges Anliegen. Ich werde nicht ohne eine Antwort gehen." "Meine Frage ist auch wichtig." ergänzte der Hund. "Meine auch." fauchte die Katze. Der Fuchs trat hervor. Mürrisch schaute er in die Versammlung und erklärte: "Wenn ihr gleichzeitig redet, kann der Bockfrosch nicht antworten. Wir müssen uns etwas einfallen lassen, damit er mit jedem einzeln sprechen kann." "Eine gute Idee." stimmte der Hund zu. "Aber ich zuerst." gackerte die Henne.

XX.

Es dauerte nicht lange, bis der Bockfrosch wieder zu sich kam. Als er die Augen aufschlug, war er fast allein. Nur eine fette Glucke stand vor ihm und gackerte: "Guten Tag, liebster Bockfrosch." Sie plusterte ihr Gefieder auf und fuhr fort: "Bin ich noch attraktiv? Ich muss das wissen, denn mein Gockel steigt jüngeren Küken nach." Der Bockfrosch blinzelte sie entgeistert an. "Was ist geschehen? Wo sind die anderen?" "Ach, die." Elegant deutete die Henne mit einem Flügel hinter sich. "Die stehen hinter mir. Weist du, wir haben uns in einer Reihe aufgestellt, das geht zügiger. Als nächstes ist der Hund dran." "Der Hund?" "Ja, der Hund. Aber zuerst ich." In einer langen Rede schilderte sie die Beziehung zu ihrem geliebten Hahn, und dass er in letzter Zeit nur den jungen Küken nachstieg. "Was soll ich tun? Ich komme mir alt und abgetakelt vor." Der Frosch musterte sie eingehend, doch ehe er eine Antwort geben konnte, fuhr sie fort: "Na wenn schon. Der Gockel ist das auch." Sie schüttelte sich angewidert. "Bah. Eigentlich sollte ich mich ekeln vor diesem Greis. Der alte Miesepeter kann kaum noch krähen; .bekommt keinen ordentlichen Ton heraus. Mich weckt erst das entsetzte Gegacker der Hühner, wenn er ihnen nachsteigt, der alte Lustmolch." "Nun..." versuchte der Frosch eine Antwort, doch die Glucke war schneller. "Ach, du hast ja Recht. Ich sollte mir nicht den Kopf zerbrechen. Er ist alt und grau, seine Knochen sind träge und kraftlos. Bald wird er die jungen Dinger nicht mehr einkriegen, dann ist es vorbei mit dem Lotterleben."

Sie ließ eine andachtsvolle Pause. "Dann wird er reumütig zurückkehren. Ja, so ist das." Mit verklärtem Blick verstummte sie. Das war eine Erkenntnis nach ihrem Geschmack. Der Frosch schaute sie verwundert an und fragte sich, ob sie gleich weiterschwätzten würde. Vorsichtshalber zählte er von eins bis dreiundzwanzig, und als die Henne noch immer keinen Ton von sich gab, erwiderte er: "Ja, ja." und nickte andächtig, "Alt bleibt alt, nicht wahr?" Dann schaute er der Henne mystisch in die Augen. Frösche können das gut, denn sie haben Glubschaugen. Vom vielen Tauchen. Die Henne verfiel dem Frosch vollends. "Wie schlau du bist." gluckste sie begeistert und ließ sich nicht mehr bremsen. "Du bist so klug, dass ich ohnmächtig werden könnte." Sie verdrehte die Augen und torkelte zurück. "Du hast mein Leben gerettet, du Held." Nach einer Weile wurde es dem Hund zu bunt. Er stupste die Henne an und knurrte böse: "He, jetzt bin ich dran." "Schon gut, schon gut." Sie trat einen Schritt zurück. "Ich beuge mich der Gewalt. Schurke." In diesem Augenblick kehrten die beiden Hasen zurück. Sie hoppelten an der Reihe wartender Tiere vorbei und schnurstracks auf den Bockfrosch zu. "Wir wollen berichten, dass es unserem Kind besser geht. Die Kamillenpflanze wirkt Wunder." "Ich hab´s gewusst." tönte die Henne. Und, wie nicht anders zu erwarten, gackerte sie wieder los. "Jetzt reicht´s aber." keifte der Hund. "Halt endlich dein Maul und zisch´ ab." "Ungehobelter Grobian. Ich gehe. Aber nur unter Protest." Sie machte kehrt und wackelt eingeschnappt davon. In weiter Ferne konnte man sie wieder Gackern hören. Ihr Mundwerk stand nicht lange still. Sie war unterwegs, die Kunde vom allwissenden Besucher zu verbreiten und sie jedem zu erzählen, die sie hören wollte. Und auch jedem, der das nicht wollte.

Das Huhn traf einige Zeit später auf den Wolf und berichtete ihm, dass der Frosch das klügste und stärkste Wesen im ganzen Wald sei. Dass der Frosch klug war, störte den Wolf nicht - aber dass er stark sein sollte?! Nachdem er das Huhn mit einem Bissen verschlungen hatte, machte er sich auf, den Bockfrosch zum Zweikampf zu fordern.

XXI.

Schon aus der Ferne erkannte man, wo der Bockfrosch sein Unwesen trieb: Man musste nur der Schlange aus Ratsuchenden Waldbewohnern folgen, die in seine Richtung führte. Die Eule folgte ihr aus der Luft, der Wolf auf dem Boden. "Was will der Wolf?" rätselte die Eule. Mit einigen mächtigen Flügelschlägen gewann sie einen guten Vorsprung, um den Bockfrosch als Erste zur Rede zu stellen. Erst würden ihre Worte seine Ehre nehmen, dann der Wolf sein Leben. Ha, dann herrschte wieder Friede im Wald. Die Lichtung erschien, auf welcher der Bockfrosch sein Unwesen trieb. Vor ihm endete die Prozession, die durch den ganzen Wald führte. Im Sturzflug stieß die Eule hinab und landete mit einigen kräftigen Flügelschlägen vor seinen Füßen. Staub und Dreck flogen dem verstörten Frosch um die Ohren. "Na, Angst? Lauf davon, wenn du kannst, du Eindringling. Lauf, lauf, so schnell du kannst!!" Wollte der Frosch auch. Konnte er aber nicht, weil seine Beine schwer wie Steine waren und angewurzelt stehen blieben.

Wie ein mächtiger, böser Schatten thronte die Eule über ihm. Ihr Gesicht war alt und zerfurcht, einige Narben sorgten für ein gespenstisches Aussehen, der Schnabel war an einer Stelle gespalten. "Ich bin der Bockfrosch." sagte er schließlich, das einzige, was ihm einfiel. "Quacksalber." grunzte die Eule. "Du bist ein Aufschneider, nichts weiter. Es gibt niemanden, der klüger ist als ich. Es gibt nur eine kluge Eule. Mich." Von einem Augenblick zum anderen fiel der Schreck vom Frosch ab. Er hatte um sein Leben gebangt, dabei war die Eule nur eine Besserwisserin, die ihm beleidigt die Aufwartung machte. "Ich bin kein Aufschneider." entgegnete er frech. "Ich bin ein Bockfrosch, ein sehr, sehr kluger Bockfrosch. Klug bleibt klug, das ändert keine Eule." "Ich habe den Tieren schon Rat gegeben, bevor du auf der Welt warst. Meine Erfahrung reicht weit in die Vergangenheit. Ich habe schon den Großeltern und Urgroßeltern der Waldtiere meinen Rat gegeben." "Siehste?" grinste der Frosch triumphierend. "Was ist von den Großeltern übrig geblieben? Nichts. Alle tot. Da kann dein Ratschlag nicht viel taugen, nicht wahr?" Die Eule schüttelte verdattert den Kopf. "Unsinn. Ich bin dazu da, den Tieren das Leben zu erleichtern, nicht, um ihnen neues zu schenken." "Dann beweise, dass du unschuldig bist." "Meine Unschuld beweisen? Das ist absurd." Sie überlegte, ob sie dem Getue mit einem Schnabelstoß ein Ende bereiten sollte, verwarf den Gedanken aber sofort. "Wie sagt der Lateiner: In dubio pro reo !" Im Zweifel für den Angeklagten! Dieser Wichtigtuer war damit gewiss überfordert. In der Tat schnaufte der Frosch entgeistert und wusste keine Antwort. "Das ist absurd." meckerte er schließlich. "Ist es nicht." entgegnete die Eule. "Hast du etwa Schwierigkeiten mit Fremdsprachen? Das darf einem gebildeten Tier nicht passieren." "Ich beherrsche alle Sprachen, die ein weises Tier kennen muss." "Tatsächlich? Das werden wir ja sehen. Do you speak english? Tu parle francais? Hablamos espanol?" Die Eule richtete sich siegessicher auf. "Kleine Konversation gefällig? How do you do?" "Ich mag nicht Konversationieren." murmelte der Frosch halblaut. "Auch gut." lachte die Eule, "Wenn du keine Unterhaltung möchtest, dann übersetze mir doch einfach ein Wort. Ein einzelnes Wort, dann gebe ich mich geschlagen." Die Tiere ringsum hielten gespannt den Atem an. Sie deutete in den Himmel, wo langsam, aber stetig kleine, dunkle Wolken aufzogen.

"Sage mir, was bedeutet: "Water" ?" Der Bockfrosch antwortete nicht.

"Was ist?" grinste die Eule hämisch. "Ich warte." Als er wieder keinen Mucks gab, lachte sie grimmig auf. "Ha, es ist ganz einfach. "Water" bedeutet Wasser". Man schreibt es nur mit einem "T" anstelle der beiden "S", aber wozu erzähle ich das? Schreiben kannst du bestimmt auch nicht."

Verlegen schaute der Frosch auf. Sie bräuchte nur einmal zuzuschnappen, dann war die Blamage vorüber. Bei diesem Schnabel kein Problem, auch wenn er schon recht kaputt war. Großer Vogel sprechen mit gespaltenem Schnabel, hugh. Potzblitz, da kam ihm die rettende Idee ... "Ach, Wasser meinst du." Mit großer Mühe setzte er eine Unschuldsmiene auf. "Das habe ich irgendwie nicht verstanden. Welche Sprache war das?" "Das war Englisch. Eine Weltsprache. Wer ein Stückchen Bildung besitzt, beherrscht diese Sprache." Einige Vögel, die im Herbst in den Süden zogen, nickten zustimmend. Die Tiere, die das mitbekamen, wandten sich entsetzt ab. Enttäuscht machten sich die ersten auf den Heimweg. Der Frosch wartete, bis sich die Unruhe gelegt hatte, dann sagte er bestimmt: "Das soll Englisch sein? Dass ich nicht lache. Dort, wo ich herkomme, spricht man Englisch den ganzen Tag. Aber nicht so komisch wie du. Das versteht ja keiner." "Mein Englisch versteht jeder." empörte sich die Eule. "Ich spreche seit Jahren Englisch und habe damit nie Schwierigkeiten gehabt." "Ach was? Und seit wann ist dein Schnabel gespalten?" "Das geht dich nichts an." "Deine Aussprache ist fürchterlich. So verstehe ich niemals, was du sagst, kein Englisch, kein Ausländisch, überhaupt keine Fremdsprache." Die Eule wandte sich entsetzt den Vögeln zu. "Ist meine Aussprache unverständlich?" fragte sie entgeistert. Alle wandten sich verlegen ab. Niemand mochte eine Antwort geben. Nur eine Ente, die sich nicht schnell genug umdrehte, musste der Eule genau in die Augen schauen.

"Antworte." Kurze Pause. Die Ente wollte nicht. Aus Angst. "Antworte, sonst gibt es Ärger." "Naja, war schon besser." quakte die Ente schließlich ratlos. Wutentbrannt riss die Eule den Schnabel auf, flatterte mit ihren Flügeln und begann fürchterlich zu rasen. Die Ente stolperte entsetzt zurück und wackelte schließlich schnatternd davon. "Hau bloß ab, du blödes Vieh." schimpfte die Eule hinterher. Das Geschnatter der Ente war noch in weiter Ferne zu hören - es übertönte sogar das Gelächter der Zuschauer.

Die Eule fand rasch ihre Fassung zurück. "Wenn du mich nicht verstehst, dann beglücke uns mit deiner Kunst. Wie wäre es, wenn du eine Kostprobe deiner Sprachkünste zum Besten gibst?" Der Bockfrosch überlegte einen Augenblick, dann grinste er so breit, wie das nur Frösche können, und antwortete: "Selbstverständlich, verdammt!" Er holte ein-, zweimal tief

Luft, dann legte er los: „Schmodersabber, Schluderjahn, Papperlapapp, Vermalledeit, Heide-witzka, Sapperlot !" und so weiter, und so fort. Ein Gewitter aus Beschimpfungen und Flüchen ergoss sich über die Anwesenden, die verdutzt lauschten und verwundert feststellten, dass sie kein Wort verstanden. Selbst die Vögel, die in der Welt herumgekommen waren, sahen sich verwundert an. Die Eule war so erstaunt, dass ihr der Schnabel offen stand. "Welche Sprache war das? Ist das chinesisch?"

Der Bockfrosch nickte. "Was sonst, zum Donnerwetter?" "Solange ich lebe, ist mir niemand begegnet, der chinesisch spricht. Das ist unmöglich." Sie hoffte, dass jemand diesem Treiben ein Ende setzte. "Eines Tages wirst du begreifen, dass ein großes Mundwerk die falsche Grundlage für sie Weisheit ist. Du hast sie noch längst nicht gefunden." Der Bockfrosch lachte herablassend. "Weisheit bleibt Weisheit, und neidisch bleibt neidisch. Ich bin nicht einfach klug, oh nein. Ich bin klüger als du, ich bin doppelt klug. Oder dreifach. Oder dreimal dreifach." Er rechnete einen Augenblick, dann ergänzte er: "Ich nehme es mit jedem auf, mit jedem ! Bewundert mich, denn ich bin der neunmalkluge Bockfrosch!"

XXII.

"Du nimmst es mit jedem auf?" fragte eine tiefe, böse Stimme. Ein Hase entdeckte zuerst, wer dahinter steckte: "Der Wolf, der Wolf. Hilfe. Kreisch." In wilder Panik flüchteten die Tiere auseinander. Einige sprangen blindlings im Zickzack umher, andere versteckten sich eilig im Gebüsch. Mit einem Mal war die Lichtung wieder leergefegt. "Schön, dass du kommst." begrüßte die Eule den Gast. "Darf ich vorstellen? Das ist der großmäulige Bockfrosch." "Der da? Ich hatte mit einem Mittagessen gerechnet, nicht mit einem Appetithäppchen." "Ich nehme es mit jedem auf." empörte sich der Bockfrosch. "Wer bist du überhaupt?" "Ich bin der Wolf. Das stärkste Tier des Waldes." "Angeber. Der Bär hat größere Pranken als du, und die Spuren, die er hinterlässt, sind viel tiefer." "Siehste?" Die Eule stupste den Wolf an. "Man kann nicht mit ihm reden." "Ich bin nicht zum Reden gekommen." erwiderte der Wolf und fletschte die Zähne, scharf wie Messerspitzen. Mit einem grausamen Lächeln baute er sich vor dem Bockfrosch auf. "Ein letzter Wunsch?" fragte er mit gespielter Güte. "Friss ihn." feuerte die Eule an. "Hee, wartet mal. Das war doch gar nicht so gemeint..." Bevor der Bockfrosch weiterreden konnte, schnappte der Wolf zu. Für einen Augenblick sah der Frosch seine Zähne blitzen, dann war es um ihn geschehen. Mit einem Schnapp landete er in der stinkenden Dunkelheit seines Schlunds. Schleim und Seiber umspülten ihn, liefen ihm in die Augen und begannen, seine Honigmehl-Lehmhaut aufzuweichen. "Hilfe, Hilfe." brüllte er verzweifelt. Die einzige Antwort war das gehässige Lachen der Eule. Während er um seine Leben strampelte, löste sich an einigen Stellen die oberste Schicht seiner Haut, und das Mehl kam zum Vorschein. Das darunter liegende Mehl löste sich ebenfalls und erfüllte den Mund des Wolfes mit einer dichten Mehlwolke.

Die Wolke stieg den Hals des Wolfes hinauf bis in dessen Nase, die daraufhin mächtig zu jucken begann. "Hatschi, hatschi." "Hatschi, hatschi, haaaaaaaatschi." Jedes Mal klang es wie ein Donnerwetter, und jedes Mal spie der Wolf eine weise Wolke aus. Beim dritten Huster wurde der Frosch in hohem Bogen hinausgeschleudert, flog quer über den Platz und landete unsanft auf einer Wurzel. "Der Frosch hat Feuer gespuckt." johlten die Tiere. Sie jubelten und tobten aus sicherer Entfernung. Der Wolf bekam sich nicht mehr ein, krümmte sich vor Anfällen, von denen einer schlimmer war als der andere. Eine dicke Mehlwolke umgab ihn. "Grrrroooarrrr." Mit glasigem Blick suchte er den Bockfrosch, der in einiger Entfernung seine blauen Flecken rieb. "Na warte, du Biest." Der Bockfrosch richtete sich auf, musterte den Wolf mit bösem Blick und drohte: "Verschwinde, bevor ich dir den Garaus mache. Das war erst der Anfang." Dann hoppelte er einige Hüpfer auf den Wolf los, blieb stehen und starrte ihn erneut böse an. " Du kannst von Glück reden, dass du mich ausgespuckt hast, sonst hätte ich dich gebraten. Von innen." "Ich sehe kein Feuer." grinste der Wolf. "Ist es dir ausgegangen? Soll ich nachhelfen?" "Das könnte dir so passen." Der Frosch machte einen weiteren Satz nach vorn, noch einen und noch einen, bis er einen großen Hüpfer vor dem Wolf zum Stehen kam. Oder einen Prankenhieb, je nach Sichtweise. Frech erwiderte er: "Willst du kämpfen und geröstet werden? Oder schweigen und gehen?" Der Wolf wich einen Schritt zurück. Eine dicke Narbe im Fell, na klar, so etwas machte einen echten Wolf stolz. Aber ein dickes Brandloch- naja, das war nicht rühmlich. Irgendwann trafen sie sich an anderer, ungestörter Stelle wieder, dann gab es eine neue Gelegenheit. "Ich werde jetzt gehen." sagte er bedeutungsvoll. "Ich muss noch Beute jagen, bevor der Abend anbricht, da habe ich für solche Spielereien keine Zeit." Natürlich sagte er das besonders laut, damit es jeder hörte. Es sollte niemand denken, er sei ein Feigling. "Dann geh nur." entgegnete der Frosch. "Sei unbesorgt, ich werde dir nichts tun. Ich bin ein kluger Bockfrosch, und ein friedlicher." Der Wolf machte kehrt und ging ohne ein weiteres Wort von dannen. Erhobenen Hauptes stolzierte er über die Lichtung, immer darauf bedacht, den Bockfrosch keines weiteren Blickes zu würdigen. Unter dem Jubel der Tiere verschwand er im Unterholz. "Der Bockfrosch ist unbesiegbar." johlten sie, jubelten, kreischten, pfiffen, sangen und musizierten, was das Zeug hielt. "Der Bockfrosch ist das klügste Wesen der Welt, der Bockfrosch, der Bockfrosch, hurra, hurra." Eine Epoche des Friedens und der Zuversicht schien anzubrechen, eine Zeit, in der Streit und Elend ein für allemal ein Ende fanden. Die Ära des Bockfroschs.

XXIII.

"Der Bockfrosch ist der Größte, der Bockfrosch ist der Größte." Am allerlautesten jubelten zwei Ratten, von denen niemand wusste, wo sie auf einmal herkamen. Eine war klein und besaß einen gewitzten Blick, die andere war übergewichtig, sehr, sehr groß und schaute düster drein. Sie rochen übel nach Unrat und Verwesung. "Wir wollen uns vom Bockfrosch bekehren lassen. Von nun an sind wir ehrliche Ratten, stimmt's?" Sie stieß ihren fetten Kollegen an. Die dicke Ratte runzelte die Stirn und grunzte träge: "Joo." "Ratten sind schlimme Betrüger." erschrak der Frosch. Die fette Ratte grinste hämisch, sagte aber nichts. Die kleinere nahm den Frosch gütig in den Arm. "Ach, das sind alles Ammenmärchen. Davon stimmt kein Wort." "Mein Großvater sagte immer: Junge, halte dich von den Ratten fern. Und er war ein kluger Frosch." Die dicke Ratte wurde unruhig, die kleine hingegen lächelte weiterhin freundlich und blieb die Ruhe selbst.

"Jaja, das sagen alle. Es werden Lügengeschichten erfunden, mit denen man uns fernhält. Schrecklich, nicht wahr?" Sie stupste ihren Kumpel an. "Jooo." Der Bockfrosch senkte verlegen den Kopf. "Da ist guter Rat teuer." "Siehste, du sagst es sogar selbst. Es heißt nicht umsonst "Einen guten RAT geben". Rat wie Ratte. Wie können wir da schlecht sein?" Der Bockfrosch nickte nachdenklich. "Das ist wahr. Ihr müsst in Ordnung sein." Die kleine Ratte verneigten sich andächtig und säuselte in gespielter Bewunderung: "Du bist wahrhaft weise. Du bist der Größte." Sie winkte ihren großen Begleiter hinzu. "Lauf los, rufe alle Tiere zusammen. Wir werden aus dem Frosch das machen, was er verdient hat." "Joo." sagte dieser, sogar ohne anstupsen. Eilig trabte er davon. "Was habt ihr vor?" fragte der Frosch. Im Hintergrund hörte er die fette Ratte keifen. "Er erzählt den Tieren, dass du zum König des Waldes gekrönt werden willst. Zum mächtigsten Wesen von allen." "Ich bin das klügste Wesen der Welt. Was sollte ich da mit Macht anfangen?" "Macht ist die größte Süßigkeit, die das Schicksal auftischen kann." erklärte die Ratte. Ihre schwarzen Augen glänzten böse, aber ihr Mund lächelte unentwegt. Der Bockfrosch zog einen Schmollmund und schaute die Ratte mit großen Glubschaugen an. In einiger Entfernung fiel eine Henne stöhnend in Ohnmacht. "Ich will nur klug sein. Und Honig essen. Das sind die größten Süßigkeiten der Welt für mich." Das Lächeln der Ratte verschwand, eine hundertstel Sekunde lang. "Du wirst die Macht lieben. Ihr Geschmack ist die süße Gewissheit, alles zu beherrschen, alles zu können und alles zu bekommen. Du darfst wehtun, wem du willst, nehmen oder zerstören, was du willst. Es ist die Gewissheit, selbst das Recht und die Tat zu sein."

"Frosch bleibt Frosch, und Recht bleibt Recht. Ich will nicht, was du versprichst." "Du könntest den Tieren viel Gutes tun mit deiner Weisheit und Macht. Sag, was ist dein Herzenswunsch?" "Ich denke, ich würde die Schweine befreien. Sie haben ein besseres Leben verdient. Und Honig für alle einführen." "Na prima. Das werden wir. Sobald du der König des Waldes bist." Der Bockfrosch nickte nachdenklich. "Wenn es dazu erforderlich ist..." Er wandte sich der Menge zu und brüllte: "Ich will der König des Waldes sein !" Zur Antwort johlten tausend Kehlen: "Jaaaaa." Hier lag der Ort, den das Schicksal für ihn bereithielt. Der Platz des allerbesten, allertollsten Froschs aller Zeiten. Zufrieden genoss er das Schauspiel...

Von der fetten Ratte geleitet, erschien ein Pfau auf der Lichtung. Er war das schönste Tier des Waldes, und man bemühte ihn nur herbei, wenn es einen besonderen Anlass gab. Dort, wo er entlang stolzierte, blieben die Tiere verwundert stehen und bestaunten ihn. Als er seine Schwanzfedern auseinanderdrückte, um ein wunderbares Rad zu zeigen, verschlug es selbst dem klugen Bockfrosch die Sprache. "Liebster Bockfrosch," verkündete der Pfau mit zarter Stimme, "ich bin gekommen, dich in einer prachtvollen Zeremonie zum Herrscher des Waldes zu krönen." Der Bockfrosch ließ den Beifall zufrieden über sich ergehen. Den hatte er sich redlich verdient, fand er. Allein die Ratte mochte sich nicht freuen. Ungeduldig stieß sie ihn in die Seite. "Du musst endlich sagen, was du vorhast." "Können wir nicht noch feiern? Es ist grade so schön." "Nein, sofort. Bald wird es dunkel." "Ja, natürlich." Mit einer ausladenden Geste befahl er Ruhe. In Sekundenschnelle verstummt die johlende

Menge. Gebannt lauschte sie seinen Worten. "Ich, der große Bockfrosch, führe euch in eine bessere Zeit. Wir werden auf der Honigseite des Lebens stehen." Freudige Zurufe brandeten auf. "Es wird Honig für alle geben, jawohl. Honig und Macht. Wir werden alle armen Schweine befreien. "Das Volk schrie und kreischte vor blinder Begeisterung. Der Bockfrosch riss seine Arme in die Höhe und brüllte:

"Ich führe euch in das Land, in dem Macht und Honig fließen!"

XXIV.

Als der Bockfrosch am nächsten Morgen erwachte, nieselte es leicht, die Sonne blieb hinter einer Wolkendecke gut versteckt. Die kleine Ratte wartete neben seinem Lager. "Guten Morgen, Meister." grüßte sie freundlich. "Wir freuen uns, dass du erwacht bist." Der dicke Kumpane hockte stumm und feist neben ihr und wartete auf sein Zeichen. Stups. "Jooo." "Wir haben uns erlaubt, dir jemanden mitzubringen." Verwundert rieb sich der Frosch den Schlaf aus den Augen. "Wo? Ich sehe niemanden." Die kleine Ratte stieß die fette an. "Jooo." "Geh herüber, zeig dem König, wo unser Freund sitzt. Aber zertrample ihn nicht." Mühselig stampfte die zweite Ratte vor. Sie schnüffelte mit ihrer dreckigen Nase im Schlamm herum und deutete schließlich auf eine winzige Ameise. "Dooo."

"Das ist General Schlepp, Kompaniechef des Ameisenbataillons. Er wird erklären, wie man eine Armee aufbaut." "Wozu eine Armee?" "Na, um das Bauernhaus zu erobern. Du hast es versprochen." "Wir sollten es mit Geist versuchen, nicht mit Gewalt."

"Nicht mit Gewalt, nicht mit Gewalt. Hast du den Wolf etwa mit List besiegt? Nein, nein, du hast Feuer gespuckt. Ist das etwa keine Gewalt?" "Wir könnten jemanden verletzen. Oder töten." "Das ist der Gang der Dinge, dafür brauchst du dich nicht zu schämen. Oder schämst du dich, Fliegen zu fressen?" "Findest du das? Ehrlich?" "Natürlich. So wahr ich dein Freund bin." "Moin, Zackzack." grüßte der General. "Stillgestanden. Linksschwenk- Maaarsch."

Zunächst wurden alle Tauben aus der Umgebung herbeigerufen. Sie sorgten dafür, dass jeder im Wald von der Mobilmachung erfuhr, niemand durfte fernbleiben. So verging der Morgen damit, alle Tiere zusammenzurufen und auf der Lichtung zu versammeln. Diesmal tanzte niemand. Alle standen stumm und gespannt da und hörten, was der Bockfrosch befahl. "Alle Vögel auf die linke Seite. Ihr seid ab sofort die Luftwaffe." Er betrachtete seine Luftwaffe und stellte fest, dass einige Enten und Möwen darunter waren. "Und gleichzeitig die Marine." ergänzte er. Die Spechte bekamen die Aufgabe, wichtige Nachrichten weiterzumorsen. Für den Fall, dass die Schlacht bis in die Abendstunden dauerte, wurde ein Regiment von Glühwürmchen zum Spätdienst eingeteilt. Der Plan war perfekt durchdacht. "Ihr werdet weitere Unterstützung bekommen. Der Bär ist dabei, einen Bienenstock zu klauen. Wir werden ihn auf der Wiese vor dem Bauernhof treffen." Die Tiere mit scharfen Zähne bildeten eine Rotte, daneben die mit scharfen Krallen, und so weiter. Der Frosch marschierte akribisch vor ihnen auf und ab und musterte seine tapferen Kämpfer. "Wir werden den Bauernhof im Sturm erobern." schrie er. Jaaaa." brüllten seine Soldaten. "Honig für alle! Macht für alle!!" "Jaaaaaaaa." "Freiheit für die Schweine !!" "Jaaaaaaaaaaaaaaaa."

XXV.

Auf dem Bauernhof bemerkte man indes, dass etwas Sonderbares vor sich ging. Ein Knecht hechtete von der Feldarbeit zurück und hämmerte wie verrückt vor die Tür des Bauernhauses. Nach einer Weile ertönten Schritte, und der Bauer öffnete. "Was ist, Karl?" fragte er giftig. "Wofür bezahle ich dich eigentlich? Mach dich zurück ans Werk, aber dalli, dalli." "Nee, auf keinen Fall, Bauer. Im Wald geht was Merkwürdiges vor. Allein geh ich da nicht mehr hin." "Na warte, du Drückeberger." Er schnappte sich Karl mit einer Hand und holte mit der anderen zu einem gewaltigen Hieb aus, um ihm eine Maulschelle zu verpassen, dass er die Englein im Himmel singen hörte, da rutschte plötzlich etwas kühles, feuchtes seinen Nacken hinab. Durch den Kragen hindurch glitt das glibberige Etwas in sein Hemd und den Rücken hinunter. Verschreckt ließ er den Knaben zu Boden gleiten. "Was zur Hölle..." Über ihm huschte ein Vogel hinweg. Da war der Übeltäter. "Karl, der Vogel hat mir in den Nacken geschissen. Los, hilf mir, verdammt noch mal." Mühsam versuchte er das Hemd auszuziehen, bekam aber in der Hetze nicht alle Knöpfe los. Schließlich riss er mit einem Kraftakt das Hemd auf, die letzten Knöpfe flogen durch die Luft und sprangen verloren über den Boden. "Mach den Mist weg, aber schnell."

Er hielt Karl den Rücken hin und wartete, dass er ein Taschentuch hervorholte und den Fleck entfernte. Aber Karl sah ihn nur verwundert an.

"Was ist? Noch nie Vogelmist gesehen?" "Doch, doch." erwiderte der Knecht. "Aber da ist nichts von einem Vogel, Chef. Das ist..." "Was denn?" "Chef, das ist eine Wanze." "Waaaas?" Karl versuchte, den ungebetenen Gast mit einem Finger fortzuschnippen, doch weil sich der Bauer zu hektisch bewegte, gelang ihm das nicht sofort. "Sie müssen stillhalten." "Stillhalten, stillhalten." meckerte der Bauer. "Du hast gut reden. Stillhalten. Ich geb' dir gleich Stillhalten." Aber weil ihm nichts anderes übrig blieb, stützte der Bauer seine Hände auf die Oberschenkel und bewahrte Ruhe, so gut es ging. "Gleich hab ich sie." Karl visierte die Wanze mit einem Auge an. Schnipp. Das Ding zischte durch die Luft und blieb betäubt auf dem Boden liegen. Bevor sie begriff, wie ihr geschah, zertrat sie der Bauer mit seinem Stiefel. "So was komisches. Vögel, die Wanzen aus der Luft abwerfen. Nicht zu fassen." "Und das Getöse im Wald..." ergänzte der Knecht. "Nicht nur das..." Die Bäuerin erschien in der Tür. "Vor einigen Tagen hat ein Frosch unsere Speisekammer verwüstet." "Ein Frosch?" "Die Tiere sind sonderbar geworden. Letzten Monat haben die Schweine auf dem Nachbarhof verrückt gespielt, erinnerst du dich?" Der Bauer winkte Mägde und Knechte herüber. "Wir werden etwas unternehmen. Marlies, du rufst die anderen zusammen. Sie sollen sich bewaffnen, so gut es geht. Karl, du gehst ins Haus und holst mein Gewehr und soviel Munition, wie du tragen kannst. Stellt Strohballen auf. Wir werden eine Barriere errichten."

XXVI.

"Hast du den Bienenstock dabei?" fragte der Bockfrosch. "Nun ja," entgegnete der Bär und rieb verlegen seine geschwollene Nase, "eigentlich hatte ich einen dabei, einen schönen sogar. Echt." "Und?" "Unterwegs habe ich einen mächtigen Appetit bekommen, da habe ich ihn ausgeschleckt. Nun ja, ich nasche halt gern. Tut mir leid ..." Die Ratte durchbohrte den Bären mit ihren Blicken. "Vergiss den Honig. Wo ist der Bienenstock mit den stichigen Bienen darin? Wo hast du ihn gelassen?" "Och, den habe ich weggeschmissen, war doch nur die Verpackung." Die kleine Ratte schwieg zornig. "Du darfst du an meiner Seite kämpfen." lächelte der Frosch. "Ich werde auf dir reiten, auf dem größten und stärksten Tier, wie es sich für den großen Bockfrosch gehört. Zwei Freunde, die den Honig kennen."

Einige feine Regentropfen deuteten an, dass sich die Wolken ihrer Fracht bald entledigen würden. Sie waren zu dunklen Gewitterriesen gewachsen. Weil ihm der General in den Ohren hing, bemühte sich der Frosch, seine Arbeit noch schneller voranzutreiben. Während er geschäftig umher sprang, winkte die kleine Ratte ihren fetten Kumpanen zu sich. "Gleich greifen sie an." flüsterte sie. "Dann haben wir freie Bahn. Sag den anderen Bescheid."

"Jooo." Die dicke Ratte nickte. Zum ersten Mal grinste sie ebenfalls. Aber diesem Grinsen sah man an, dass es gemein und hinterhältig war. Mit großen Schritten verschwand sie. Als der Bockfrosch zurückkehrte, war sie längst meilenweit fort und dabei, alle Ratten der Umgebung zusammenzurufen. Allerdings nicht, um mitzukämpfen ... "Wohin ist dein Freund verschwunden?" fragte der Frosch, als er seine Vorbereitungen beendete. "Endlich bist du da." grinste die Ratte. "Weist du, was uns eingefallen ist? Es ist niemand da, der auf die Nester, Höhlen und Bauten aufpasst. Stell dir vor, jemand plündert sie. Wäre das nicht schrecklich?"

Der Frosch nickte. Sehr schrecklich. "Schrecklich bleibt schrecklich. Was sollen wir tun?" "Ich bin nicht würdig, an deiner Seite zu stehen, darum werde ich zurückbleiben, um auf die Vorräte aufzupassen." "Du bist ein Held." "Schon gut." Die Ratte fasste ihn am Arm und zog ihn zu sich herüber. Verstohlen blickte sie umher und flüsterte in sein Ohr: "Aber ich kann nur auf die größten Vorräte aufpassen. Auf die größten und besten. Du musst den Tieren befehlen, mir ihre Verstecke zu verraten."

Die Ratte genoss die Prozedur sichtlich. Zufrieden hörte sie, wer wo welche Vorräte angesammelt hatte, und wenn ein interessantes Lager darunter war, grinste sie nicht nur, sondern lachte laut auf. So zufrieden hatte der Bockfrosch sie die ganze Zeit nicht gesehen. Er hielt sie für den edelsten aller Untertanen. Die Ratte verneigte sich. "Ich weis alles, was ich wissen muss. Vielen Dank. Es ist an der Zeit, meiner Aufgabe nachzukommen. Ich brenne darauf, das kannst du glauben." Mit ihrem gefürchteten Grinsen brach sie auf. Zum ersten Mal erkannte der Frosch die scharfen Zähne dahinter.

XXVII.

Ein Käfer flog auf den Bockfrosch zu. Hinter ihm düste seine Frau, um ihn zurückzuhalten; vergeblich.

"Nein, nein und nochmals nein. Es ist wichtig, ich muss mit ihm reden. Es geht um Leben und Tod." Entschlossen hielt er auf den Frosch zu. "Ich muss mit dir über die Schlacht reden." "Willst du mir neue Strategien offenbaren?" "Du bringst etwas in Gang, was es niemals zuvor gegeben hat: Du beschwörst einen Krieg herauf. Es wird Verletzte geben und Tote, wenn du nicht aufhörst." "Ich töte Fliegen, um sie zu essen. Das ist das gleiche. Töten bleibt töten. Das ist kein Unrecht."

"Du ziehst los, nicht um deines Überlebens, sondern um des Zerstörens willen. Darum wirst du nicht töten, sondern morden. Morden bedeutet, Leben zu beenden, ohne Leben zu erhalten. Das darfst du nicht zulassen."

Der Frosch blickte ihn genervt und erbost an. "Ich weis genau, was ich nicht zulassen darf: Dein Gewäsch. Du bist ein mieser, kleiner Meckerkäfer, nichts weiter. Verschwinde, sonst fress' ich dich. Hau ab. Sofort." Der arme Käfer gab keine Antwort. Niemals hätte er gedacht, dass der Bockfrosch zu solchen Untaten fähig war. Enttäuscht und resigniert schwang er die Flügel. "Es hat keinen Sinn." Was nun geschah, lag nicht in seinen Händen. "Ein Schwätzer wird zum Schlächter, schenkt man ihm Vertrauen und Einfluss. Ein Frosch ist kein Prophet. Was ist nur aus dir geworden, Bockfrosch?" Der Frosch sah ihm wütend hinterher. Drohend hob er die Faust und brüllte: "Der größte Herrscher aller Zeiten, du Verräter."

XXVIII.

„Folgt mir in das Land, in dem Macht und Honig fließen." Die Tiere preschten wie die Wahnsinnigen voran. An der Spitze lag der Frosch, der auf dem Kopf des Bären wie auf einem fliegenden Thron saß und sich mit beiden Händen an den Ohren festhielt. "Schneller, schneller." hetzte er. Ein greller Blitz tauchte das Szenario in ein sonderbares Licht. In einiger Entfernung zerschmetterte er einen Baum, der sofort lichterloh in Flammen aufging. Die ersten schweren Tropfen verkündeten, dass gleich ein fürchterlicher Regenschauer niedergehen würde. Die Tiere ließen sich davon nicht bremsen, sie stürmten besessen voran.

"Das gibt's gar nicht." murmelte der Bauer. Karl kam herüber gerannt und rief: "Schießen Sie doch endlich. Schiiiiiießen Sie." "Noch nicht." zischte der Bauer. "Ich warte, bis sie nah genug sind. Erst dann. Bleibt in euren Verstecken." Der Käfer hockte stumm auf einem Ast und weinte. Hilflos sah er zu, wie die ersten Regentropfen auf ein Volk niedergingen, das jubelnd in den Untergang raste. Der pechschwarze Himmel ließ keinen Sonnenstrahl durch, als wolle er sein Antlitz verbergen. Der brennende Baum spendete indes genügend Licht, um das Geschehen nicht abbrechen zu lassen. Der Käfer fragte sich, ob es aus den Tiefen der Hölle genährt wurde. Die Wolken öffneten ihre Schleusen und entledigten sich ihrer feuchten Fracht in einem gigantischen Gewitter. Prasselnd gingen Unmengen von Wassertropfen auf der ausgetrockneten Erde nieder. Rasch entstanden tiefe, dreckige Pfützen.

"Vorwärts, vorwärts." johlte der Frosch. Sein großer Freund hechtete mit gewaltigen Sprüngen voran. "Wir sind gleich da. Noch zehn Schritte. Leg zu, wir haben so gut wie gewonnen." Fäden aus Regentropfen verwischten die Sicht nach vorn. Noch neun Schritte, acht, sieben... in Gedanken sah sich der Frosch bereits im seinem Palast. Er lachte befreit auf. Viel zu früh... Einer der wirr herumstehen Strohballen stürzte plötzlich um, dahinter erhob sich der Bauer wie ein Dämon. Teuflisch schreiend sprang er hervor und richtete ein riesiges Gewehr auf die beiden. Der Bär versuchte zu bremsen, doch sein Schwung war zu groß. Er rutschte auf dem feuchten Boden aus, stürzte und glitt auf den Bauern zu, der ihn in aller Ruhe aufs Korn nahm. "Fahr zur Hölle, du Missgeburt." schrie er und drückte ab. Ein Feuerstoß fauchte aus der Mündung. Buuuummm !!! Der Bär hechtete zur Seite, doch er hatte keine Chance. Die volle Ladung traf seine Rippen und zerfetzte ihm die Seite. Die Wucht wirbelte ihn fast mannshoch in die Luft, sein Leib wurde meterweit zurückgeschleudert. Dem Bockfrosch spritzte Blut ins Gesicht. Er stürzte zu Boden und musste ansehen, wie der Körper seines Begleiters regungslos in einer Pfütze liegen blieb. Langsam färbte sich das Wasser rot. Der Bauer lud seine Waffe nach und ballerte wie wahnsinnig auf die ankommende Tiere ein. Zwei oder drei gingen getroffen zu Boden, aber es waren zu viele. Die anderen Tiere machten sich über die Landarbeiter her, die sich mit ihren Knüppeln und Mistgabeln zur Wehr setzten. Sie waren derbe Raufereien gewohnt, darum war es ihnen ein leichtes, Prügel auszuteilen. Mit soviel Gegenwehr hatte niemand gerechnet. Die Waffen der Menschen waren mächtig, und wenn jemand davon getroffen wurde, musste er verletzt aufgeben. Bald war die Umgebung mit zusammengeschlagen Wesen gefüllt, die jammernd ihre Wunden leckten und zögerlich weg krochen. Der Hof entwickelte sich zum Schlachtfeld. Binnen kurzer Zeit zeichnete sich ab, dass die Tiere keine Chance gegen die massive Gegenwehr der Menschen hatten. Sie waren viel zu schlecht ausgerüstet und die rohe Gewalt nicht gewohnt, die sie selbst heraufbeschworen hatten. Je länger es dauerte, desto größer wurden die Verluste. Das Verlieren und Leiden fand kein Ende an diesem Abend.

IXXX.

Der Frosch bekam von alledem nicht viel mit. Er hockte neben seinem Bären und sah ihn mit traurigen Augen an. Das Gesicht des Bären lag zur Hälfte unter Wasser, er war nicht in der Lage, den Kopf zu heben. "Das habe ich nicht gewollt." Im Hintergrund kreischten Tiere vor Schmerz und Entsetzen. "Hätte ich das gewusst, wäre das niemals geschehen." Der Bär schloss müde die Augen. Seine Verletzungen waren schwer, und der Blutverlust raubte ihm die Kraft. "Was willst du hören? Dass ich dir verzeihe?" Er schluckte trocken. "Das kann niemand. Du bist nicht unser Retter, du bist der Henker, der sich als Erlöser ausgibt." "Das war nicht meine Absicht." "Und wenn schon... Was für eine Rolle spielt das? Aah, diese Schmerzen." "Bitte, du darfst nicht sterben." Der Bär grinste bitter.

"Was kümmert dich das Schicksal eines armen Bären? Hättest du wirklich Interesse an meinem Leben gehabt, wärst du nie in diese Schlacht gezogen. Du beweinst nicht mich, sondern dein verlorenes Gewissen." "Das stimmt nicht... So ist es nicht..." " Geh jetzt, lass mich allein. Ich kann den Schmerz ertragen, aber nicht das Gejammer eines Herrschers, dem seine wirren Träume wichtiger waren als sein Volk." Dem Bockfrosch weinte dicke Tränen. Er wischte sie mit einer Hand weg. Dabei löste sich ein großes Stück seiner zweiten Haut, die der Regen zusehends fort wusch. "Ich will kein König mehr sein." "Grade in diesem Augenblick musst du es mehr denn je, du feiger Frosch. Willst du dem ganzen kein Ende setzen?" "Das kann ich nicht... Alle meine Befehle ...meine Reden... Ich stehe wie ein Lügner dar." "Schwätzer gewinnen immer. Weil sie lügen. Helden verlieren manchmal. Weil sie handeln. Zeige deine wahre Größe." Der Bär verstummte. Seine Kräfte waren am Ende. Dennoch wusste der Frosch, dass dies die Wahrheit war. Er blickte umher und sah das Gemetzel, das kein Ende nahm. "Es muss sein." gab er resigniert zu. Er richtete sich auf, so gut es ging, und brüllte: "Rückzug." Je länger er rief, desto wohler fühlte er sich dabei. "Rüüüückzuuuuugg!" Nicht nur sein Körper reinigte sich in den Fluten. Auch die dunklen Gedanken der Macht verschwanden, während seine Haut von der braunen Gülle gereinigt wurde. Gleichzeitig spürte er das erste Mal, dass er etwas ganz Besonderes tat, etwas, das er in seiner ganzen Zeit als Bockfrosch nie getan hatte: Er tat das Richtige. Und aus vollem Halse. Endlich vernahm ihn eine Ente, die sofort seine Nachricht weiterschnatterte. "Rückzug, Rückzug, gak, gak." Unter dem Jubel des Bauern und seiner Gefolgschaft verließen sie das Gehöft und zogen sich in den Wald zurück. Es dauerte nicht lange, bis alle Tiere das Feld verlassen hatten. Wie durch ein Wunder trug kaum jemand lebensbedrohende Verletzungen davon, aber viele würden dicke Narben behalten, die sie ein Leben lang an diesen Tag erinnerten. An den Tag des Bockfroschs ...

XXX.

Als einziger blieb der Bär schwer verwundet liegen. Er und der Bockfrosch waren die einzigen, die zurückblieben. Der Frosch konnte vor Trauer kaum sprechen. "Du darfst nicht sterben, ich flehe dich an." Verzweifelt presste er sich in das raue Fell seines Freundes, das den letzten Rest Lehm von seiner Haut kratzte. Darunter kam nach und nach seine alte, grüne Farbe zum Vorschein. Der Bär achtete nicht darauf. "Ach was. Verschwinde. Ich will alleine sein." "Aber..." "Verschwinde schon. Es ist an der Zeit, aufzubrechen. Meine Reise führt in ein Land, in dem niemand scharfe Zähne braucht und keiner zum Leben töten muss. Es ist das Land des Friedens. Es ist ein gutes Land, in dem es keine Trauer gibt. Knatschende Frösche sind schlechte Begleiter dorthin." "Ich darf dich nicht zurücklassen." "Es ist zu spät. Keiner kann mir helfen. Ich warte darauf, dass mein Sterben ein Ende hat." Er schaute gequält zum Himmel auf. Jede Bewegung schmerzte. "Sieh nur, die Wolken lichten sich." Die Wolken hatten sich ihrer schweren Fracht entledigt und räumten nun der Sonne das Feld. Zaghaft brach sie an einigen Stellen durch die Wolkendecke und streckte ihre Strahlen wie goldene Finger hinunter, um den nassen Grund zu liebkosen. Die letzten Tropfen nieselten fein, fast unmerklich hernieder.

Der Bär lächelte. "Ein letztes Mal möchte ich die Strahlen der Sonne wärmend auf meiner Haut spüren. Das ist wunderbar, weist du..." Der Frosch blickte auf. Wo die Sonnenstrahlen über die Erde glitten, leuchteten die Blumen in tausend Farben. Die Natur zeigte sich von ihrer schönsten Seite. Es schien, als wolle der Himmel das Geschehene vergessen machen.

"Lebe wohl, mein Freund." hauchte der Bär und schloss seine Augen. Dann hörte er auf zu atmen, und sein Herz blieb stehen. Leise, fast friedlich entschlief er mit einem leisen Lächeln. Am Horizont erschien ein wunderschöner Regenbogen, als sei er einzig und allein gekommen, ihm den Weg in das gelobte Land zu zeigen. Er erstreckte sich von einer Seite des Himmels zur anderen, in Farben, die strahlender und leuchtender nicht sein konnten. Und während der Bär sein Leben in die Hände des Regenbogens legte, starb mit ihm der Bockfrosch. Zurück blieb ein kleiner, grüner, weinender Frosch, dessen Schultern viel zu klein waren für seine große Last.

XXXI.

Die Tiere zogen sich so schnell es ging in den Wald zurück. "Wir müssen uns um die Verwundeten kümmern." erklärte der Fuchs. "Diejenigen, die laufen können, sollen zum Bach gehen. Wir brauchen Wasser." Das Hasenpaar pflichtete bei: "Wir werden Kamille sammeln, für die Wunden."

Das Eichhörnchen sprang aufgeregt hin und her. "Ich werde meine Vorräte anbrechen, dann gibt es Nüsse für alle." doch der Fuchs lachte nur heiser.

"Da können wir lange warten. Bis du die wieder gefunden hast, ist der Winter angebrochen." Das Eichhörnchen grinste zufrieden. "Von wegen. Ich weis genau, wo meine Vorräte liegen. Hab vom Bockfrosch den Tipp bekommen, alles etwas langsamer zu machen. So spart man Zeit. Wart's nur ab." Mit raschen Sprüngen entschwand es in den Wald. Die anderen sollten sich wundern. Der Fuchs schaute ihm entgeistert nach. Das Eichhörnchen fand wie versprochen die Vorräte. Nur... es waren keine mehr da. Zunächst glaubte es, sich wieder mal vertan zu haben, doch dann entdeckte es eine verlorene Nuss in einer abgelegenen Ecke. Ach du Schreck, jemand hatte alles mitgenommen. Entsetzt kehrte es auf die Lichtung zurück, sprintete umher und versuchte, den anderen Tieren davon zu berichten. „Diebe, Diebe. Die Vorräte wurden geplündert." Niemand hörte zu. Das einzige, was man es spüren ließ, war Spott. "Red keinen Unsinn." lachte der Fuchs. "Du vergisst doch sogar, was für ein Tier du bist." Einige Tiere schüttelten ungläubig den Kopf, andere begannen laut zu kichern. Bis die beiden Hasen zurückkehrten... "Man hat unsere Vorräte geplündert." klagten sie. "Seht ihr?" grinste das Eichhörnchen zufrieden.

XXXII.

Der Bauer und seine Gesellen zogen lachend und tanzend ins Bauernhaus, um den erzielten Sieg angemessen zu begießen. Dumpf fiel die Tür ins Schloss. Während drinnen getrunken und gesungen wurde, wollte der Schmerz des Froschs kein Ende nehmen. "Ach, hätte man doch mich getroffen." weinte er und begrub sein Gesicht im Fell des Gefährten. "Ich habe es mehr verdient als er." Der Lärm aus dem Bauernhaus wurde zusehends lauter. Anscheinend gerieten sie in Streit, denn aus dem freudigen Gesinge wurden wüste Beschimpfungen, die in einer Keilerei endeten. Die Bäuerin kreischte hysterisch im Hintergrund. Nach einer Weile flog die Tür auf, der Bauer brüllte: "Verschwinde, du Strauchdieb."

Dann zerrte er seinen ehemaligen Lieblingsknecht Karl vor die Tür und beförderte ihn mit einem festen Tritt und einigen Fausthieben an die frische Luft. "Lass dich nie wieder blicken, du Lump." Karl richtete sich langsam auf. Schwerfällig rieb er den Dreck aus der Kleidung. "Ich habe dir das Leben gerettet, du Grießgram, du solltest dankbar sein." Er vergewisserte sich, dass seine Lippe nicht blutete, dann machte er sich zu seinem Zimmer auf, das auf der Rückseite des Hauses lag. "Das lasse ich mir nicht bieten. Ich gehe zurück in die Stadt. So ein Schuft. Behandelt uns wie Sklaven." Irgendwann bemerkte Karl den toten Bären und ging neugierig darauf zu. Daneben hockte ein kleiner Frosch, der ihn verwegen anstarrte. "Karl, warte." rief eine Frauenstimme. Die Bauersfrau rannte hinter ihm her. "Karl, wohin gehst du?" "Ich werde in die Stadt gehen, mir dort eine Arbeit suchen." "Dann nimm mich mit." "Warum?" "Frag nicht. Willst du mich mitnehmen?" Karl nickte. "Schon. Aber du wirst keine Zeit zum Packen haben..." "Was habe ich zu verlieren außer ein paar zerrissenen Kleidern? Es gibt nichts, was ich an Wert auf diesem Bauernhof zurücklasse." Sie überlegte. "Außer, vielleicht... meine Jugend. Aber die ist eh verloren." Karl deutet auf den Frosch, der in der Pfütze hockte. "Da ist noch einer, der hier nichts zu suchen hat." "Na so was? Den kleinen Kerl kenne ich. Das ist der Frosch aus der Speisekammer." "Der alles verwüstet hat? Danach sieht er gar nicht aus." "Oh doch. Er hat ein ganz schönes Durcheinander angerichtet." Sie schmunzelte. "Aber er hat mich an das erinnert, was wirklich wichtig ist." Vorsichtig nahm sie ihn auf die Hand. "Ich werde dich zum Wald bringen, bevor wir aufbrechen. Dann sind wir beide in Freiheit."

Gemeinsam gingen sie über den großen Hof, über den langen Feldweg hinaus, an der großen Kuh vorbei über die Wiese bis hin an den Rand des Waldes, wo sie ihn behutsam absetzte. Und dieses Mal hatte der Frosch keine Angst. Kein bisschen.

XXXIII.

Als der Frosch auf die alte Lichtung zurückkehrte, hielten die Tiere grade eine Versammlung ab. Selbst die Kranken und Verletzten standen oder lagen herum und lauschten fasziniert dem Pfau, der aufgeregt auf und ab stolzierte und große Reden schwang. Der Frosch hüpfte näher, um einige Wort aufzufangen. "...müssen wir sein Werk vollenden." war das letzte, was er aufschnappte. Danach brauste tosender Applaus auf. Der Jubel war gigantisch. Der Frosch stupste den Pfauen zufrieden an. "Du bist ein guter Redner, nicht wahr?" Der Pfau drehte sich erbost um. "Warum bist du nicht pünktlich zur Versammlung erschienen? Alle sollten kommen, alle. Auch du." "Ich hatte keine Ahnung." „Elender Deserteur." Seine Augen zeigten keine Freundlichkeit, nicht einmal Güte. "Die ruhmreiche Schlacht ist noch nicht zu Ende. Wir müssen den heldenhaften Bockfrosch wieder finden. Er ist der größte Feldherr aller Zeiten." "Die Schlacht war schrecklich und sinnlos. Der Bockfrosch hat Leid und Elend über euch gebracht, nichts weiter. Es gab Verletzte und Tote." Der Pfau blickte verächtlich auf den Frosch herab. Anscheinend empfand er ihn als unwürdigen Gesprächspartner. "Der Bockfrosch hatte Pläne, große Pläne, die ein dummes Froschgehirn nicht versteht. Leider blieb er zurück, bevor er sein Werk vollenden konnte. Er soll uns erklären, warum die Ratten die Vorräte stahlen, damit wir weiterkämpfen können. Es gab einen wichtigen Grund, ganz gewiss." "Die Vorräte wurden geplündert?" "Selbstverständlich, das gehörte zum gigantischen Plan des Bockfroschs. Wage nicht, seine Allmacht anzuzweifeln." Der Frosch senkte entgeistert den Kopf. "Ihr solltet froh sein, dass ihr mit einem blauen Auge davongekommen seid. Stattdessen brüllt ihr und schreit nach mehr. Müsst ihr erst alles verlieren, um die Wahrheit zu begreifen? Der Bockfrosch ist euer Vernichter." "Wie redest du über unseren Befreier?" "Der Bockfrosch ist der größte Narr aller Zeiten. Ich muss es wissen, denn ich bin es selbst."

"Du bist nur ein blöder Frosch. Verschwinde auf der Stelle, sonst zerhacke ich dich." Rücksichtslos unterstrich der Pfau seine Forderung mit einigen bösen Schnabelhieben. "Macht und Honig für den Bockfrosch !" Der erste traf den Frosch schmerzhaft an der Stirn, der zweite riss eine Wunde in seinen Bauch. Bevor der Pfau ein drittes Mal zustoßen konnte, machte der Frosch einen verschreckten Satz nach hinten. "Du machst einen großen Fehler." schimpfte er, die eine Hand am Kopf, die andere am Bauch. "Du vertreibst einen Freund." Der Pfau machte einen Sprung nach vorn, der den Frosch zwang, fort zu hüpfen, und nahm die Verfolgung auf. "Wenn ich dich erwische, zerfetze ich dich." Der arme Frosch musste sich gewaltig sputen, um nicht von ihm eingeholt zu werden, der Pfau war blitzschnell. Die Tiere machten den beiden Platz, aber keiner dachte daran, dem kleinen Frosch zu helfen. Im Gegenteil. "Gib's ihm." feuerten sie an, "Mach ihn fertig." Ablehnende Gesichter zogen an ihm vorbei, man beschimpfte und bespuckte ihn. Im Laufe erkannte er das Hasenpaar mit dem kranken Kind.

"Bitte, helft mir." bettelte er, doch die beiden waren noch schlimmer als die anderen. "Los, Pfau, mache diesen Wichtigtuer kalt." riefen sie, lachten gemein und schlugen auf ihn ein. Nur durch einen gewagten Schlenker wich er aus, strauchelte und stürzte zu Boden. "Da liegt er, unser Held." Die umstehenden Tiere begannen auf ihn einzutreten, trafen ihn am Kopf und in der Seite, an den Armen und den Beinen, während der Pfau immer näher kam. Mit letzter Kraft richtete sich der Frosch auf, grade früh genug, um dem Pfau zu entgehen. Kreuz und quer führte die Jagd über die Lichtung. Erst als sie die Lichtung verließen und der Frosch sich mit einem gewagten Sprung ins Unterholz in Sicherheit brachte, ließ er von der Hatz ab. "Das wird dir eine Lehre sein." Im Hintergrund hörte der Frosch gehässiges Gelächter. "Seht euch diesen Helden an. Behauptet, er sei der Bockfrosch." "Lass dich nie wieder blicken." schimpften die Hasen. "Hau ab, du wertloser Wicht. Dreckskerl." Erst der Fuchs gebot ihnen Einhalt.

"Lasst den Winzling. Wenn wir den Bockfrosch nicht finden, sind wir verloren. Ohne Führer können wir uns gute Nacht sagen ..." "Ja, dann gute Nacht." echoten die Hasen, die nicht verstanden, was er meinte. Es sollte das erste und einzige Mal sein, dass sich Fuchs und Hase gute Nacht wünschten.

XXXIV.

Die Dämmerung setzte endgültig ein, Der Tag ging vorüber. "Ach, ich will endlich heim." jammerte der Frosch leise und weinte kläglich. Ein Käfer kam ohne seine Frau vorbei geflogen. Er war klein, so klein, dass der Frosch ihn nicht bemerkte. Und zu hören war er auch nicht, weil seine Frau nicht dabei war, die sonst ständig plapperte. "Guten Abend, Bockfrosch. Alle suchen dich. Sie wissen nicht, wer du wirklich bist." "Du erkennst mich? Das ist ein Wunder." "Ich versuche nur, die Dinge zu sehen, wie sie sind. Das ist das Geheimnis, ganz einfach." "Nichts ist einfach." erwiderte der Frosch. "Gar nichts." Wehleidig schaute er den Käfer an. "Ich habe schlimme Dinge getan, schlimme Dinge zugelassen, das Schlimme aus dem Nichts geschaffen. Dabei sollte alles nur zum Guten sein." Der Käfer nickte. "Ich weis. Denke daran, du bist meine Schöpfung." Er ließ eine gedankenvolle Pause. "Manche Führer haben gute Ideale, manche schlechte. Doch beide glauben, dass sie das Richtige tun. Wie soll man da unterscheiden?" Nach einer Weile fuhr er fort: "Wer nicht darauf achtet, wie der Berg vor einem ansteigt, steht plötzlich vor einem Abhang, an dem es rasant bergab geht. Wenn es soweit ist, gibt es kein zurück, dann gerät man unter die Räder der Geschichte." "Ich habe vorhin versucht, sie zu bremsen. Sie haben nicht einmal zugehört. Dabei wusste ich die Wahrheit."

Der Käfer lachte trocken. "Vor ein paar Stunden glaubtest du an eine ganz andere Wahrheit, nicht wahr? Wahrheit und Gerechtigkeit sind keine Frage des Seins, sondern des Sehens. Jeder folgt einer anderen Wahrheit." Der Frosch grunzte enttäuscht. "In Wahrheit hatte ich niemanden, nicht einmal Freunde."

Einen guten RAT geben, pah." "Ratte kommt nicht von RAT, sondern von VERRAT. Sie spielten dir etwas vor, täuschten deine Augen und Ohren. Darum musst du nicht auf die Worte achten, sondern nur auf die Zeichen. An ihnen erkennst du die Wahrheit, wie sie wirklich ist, und nicht wie sie scheint." Der Frosch nickte resigniert. "Ich kann nur froh sein, dass meine Pläne rechtzeitig ins Wasser gefallen sind." Er grinste bitter. "Oder, wie die Eule sagen würde: Ins Water gefallen, water mit "t". Eine regelrechte Wasserschlacht, sozusagen." Er überlegte einen Augenblick. "Dort habe ich mein Waterloo erlebt." Der Käfer nickte. "Es wird immer wieder ein Waterloo geben: Die Geschichte wiederholt sich, mal in großen, mal im Kleinen. Aber immer beginnt sie an der gleichen Stelle: In den Herzen nämlich." "Hoffentlich haben sie den Schmerz und die Pein bald vergessen, die ich ihnen zufügte." Diesmal ließ der Käfer eine sehr, sehr lange Pause, bevor er erklärte: "Irgendwann werden sie die Suche aufgeben, dann wird Ruhe einkehren und der Bockfrosch wird Geschichte werden.

Aus Geschehen wird Geschichte,
Aus Geschichte wird Vergessen,
aus Vergessen wuchert neues Geschehen.

Vielleicht kommt irgendwann eine Zeit, in der man die Erinnerung braucht, um in einem Herrscher den Henker zu sehen. Hoffen wir, dass sie dich nie ganz vergessen werden." „Was würde ich dafür geben, wieder an meinem See zu sein." "Nun, es gibt hier einen See. Sogar mit vielen Fröschen. Er ist nicht weit." "Wo?" "Du musst über diese Wurzel springen, ein gutes Stück durch das Unterholz, dann erreichst du einen kleinen Bach. Er führt dich zum See. Du kannst es schaffen, bevor es zu dunkel wird."

Er runzelte die Stirn. "Weist Du was? Ich werde dich begleiten." Die beiden brachen auf. Mit schmerzenden Gliedern folgte der Frosch dem Käfer, der darauf achtete, nicht zu schnell zu fliegen. "Warum haben sie nicht bemerkt, dass ich nur ein armer, kleiner Frosch bin? Es wäre so einfach gewesen." "Sie haben es nicht gesehen, weil sie es nicht sehen wollten." erwiderte der Käfer. "Du warst nie etwas Besonderes." "Immerhin ich habe auf alle Fragen eine Antwort gehabt, das musst du zugeben." "Du hast zu allem etwas gesagt, und zufällig das Richtige. Weist du, die Weisheit ist eine Blume, die Zeit zum Gedeihen benötigt, nicht viele Worte." "Viel geredet habe ich, das stimmt. Ich werde wohl niemals weise werden. Dazu habe ich viel zuviel Mist gebaut in den letzten Tagen."

Der Käfer grinste. "In manchen ist die Weisheit wirklich wie eine Blume. Sie wächst am besten, wenn sie auf viel Mist gepflanzt ist. Und da findet sie bei dir einen guten Boden." Er deutete nach vorn. "Sieh nur, dort ist der See." "Das ist nicht möglich." staunte der Frosch. "Das ist... das ist mein See, mein geliebter See. Ich bin die ganze Zeit in seiner Nähe gewesen. Verdammt, ich bin ständig im Kreis gelaufen." Vor Freude schlug er einen Purzelbaum. "Das ist meine Heimat. Komm mit mir, ich zeige dir meinen Unterschlupf. Man kann dort die Sonne untergehen sehen." Singend schwamm er über den See, der Käfer folgte vergnügt. Das Glück des Frosches erfreute ihn, als sei es ein Stück sein eigenes. "Schön, dass du am Ziel deiner Reise bist."

Und so kam es, dass der kleine Frosch und der Käfer an diesem Abend am Seeufer saßen und gemeinsam in den Sonnenuntergang schauten. Einen so schönen Sonnenuntergang gab es in diesem Jahr kein zweites Mal, doch sie waren die einzigen, die das bemerkten. Die anderen Tiere suchten vergeblich nach einem Wesen, dass es nie gegeben hatte. So gab die Natur dieses Schauspiel für zwei einzelne Gäste, die einsam daran teilnahmen, aber dafür umso dankbarer. Sie redeten viel, dachten viel und lachten, bis ihnen die Bäuche wehtaten. Der kleine Frosch hatte viel zu erzählen, und der Käfer auch.

Und so redeten sie oder hörten zu, immer abwechselnd, aber immer aufmerksam und bis spät in die Nacht hinein. Und während über dem Wald Stille einkehrte, hörte man manchmal einen Frosch in der Dunkelheit mit der Zunge schnalzen. Oder einen Käfer lachen.

Von dem sagenumwobenen Bockfrosch hörte man nie mehr etwas. Aber einige Zeit später machte ein Frosch von sich reden, der so klug war, dass man es kaum beschreiben konnte. Manch einer meinte, dieser Frosch sei fast so klug wie der Bockfrosch, der an jenem bedeutsamen Tag erschienen war. Doch wenn man ihm das sagte, dann winkte der Frosch bescheiden ab. Er senkte demütig den Kopf und antwortete voller Wärme: "Frosch bleibt Frosch, und Bockfrosch bleibt Bockfrosch. Und das ist gut so." Und dann lächelte er.